MARETSUMI

被百合夾擊的女子有罪嗎？

みかみてれん ｛插畫｝べにしゃけ

MARETSUMI

yuri ni hasamareteru onna tte, TSUMI desuka?

Kadokawa Fantastic Novels

MARETSUMI

character

神枝楓 Kamieda Kaede

十七歲，高二生。
任誰都會回頭一看的氣質型美少女。
從小學習擄獲男性技巧的美人計專家。
※尚無實戰經驗。
得知首次任務的對象是女性後
有些不知所措，
不過對茉優很有好感。
與火凜是兒時玩伴，彼此水火不容。

久利山火凜 Kuriyama Karin

十七歲，高二生。
胸部豐滿的甜美可愛型美少女。
表面裝乖，私底下是個施虐狂，
把茉優當成自己的寵物。
常在兒時玩伴楓面前展露真面目，
喜歡欺負楓。

朝川茉優 Asakawa Mayu

二十三歲，職業是打工族……
不，是女僕。
這次不幸（？）被楓和火凜
當作目標的普通女性。
從小就想成為特別的人，也曾當過偶像。
儘管當過偶像，卻沒被任何人告白過，
因此是個非常好攻略的女人。

MARETSUMI
yuri ni hasamareteru onna tte, TSUMI desuka?

MARETSUMI

百(被)合夾擊的女子有罪嗎？

みかみてれん
{插畫}べにしゃけ

MARETSUMI
yuri ni hasamareteru onna tte, TSUMI desuka?

Kadokawa Fantastic Novels

MARETSUMI

contents

MARETSUMI

yuri ni hasamareteru onna tte, TSUMI desuka?

MARETSUMI

序章

黑幫第七回決勝競賽

MARETSUMI

yuri ni hasamareteru onna tte, TSUMI desuka?

MARETSUMI

十月即將結束，宛如殘香般殘留的夏日氛圍也快被冬日氣息完全取代。

東京都某處——料亭的一間包廂內，有兩個幫派互相面對面。

一方是神枝組。

另一方則是久利山組。

在這滿是凶神惡煞的包廂內，最裡頭有兩名美麗的女性相對而坐。她們正是統領兩個幫派的大姊頭。

兩人年紀約三十至四十歲，美得彷彿大大盛開的花朵，而且是一碰手指就會受傷的玫瑰。

包廂中充滿緊張感，率先開口的——是神枝組的大姊頭。

「差不多該做個了斷了吧？」

久利山組的大姊頭哼笑一聲。

「哎，神枝姊。什麼叫『差不多該了斷』？說得好像妳之前一直在放水似的。妳看起來一點也不像在玩哪，沒想到妳這麼體貼。」

神枝組大姊頭的太陽穴爆出青筋。

那挑釁的口吻加深了周圍的緊張感。

危機一觸即發。

神枝組與久利山組長久以來互相扶持。他們之所以至今仍未被大規模幫派吞併、能夠獨立活動，全是因為有彼此。

然而，正因如此。

究竟哪方是「上」，哪方是「下」？

他們必須明確區分上下關係。

「少囉嗦，女狐狸。我說過我已經看膩妳那張臉了。趕緊引退，把位子讓給妳女兒如何？妳也差不多到了容易腰痠的年紀吧？」

這次換久利山組大姊頭的臉抽動一下。

「妳真愛耍嘴皮子呢。我們不是來這裡聊天的，早點決定第七回的比賽方法吧。這可是值得記念的最終回合。」

「好。」

神枝組和久利山組一直以血債血償的方式試圖確定上下關係。

「為了至今犧牲的成員，我們一定不會輸。」

「那是我要說的話。」

過往的鬥爭相當慘烈。

有一回比喝酒，導致好幾名成員急性酒精中毒送醫。

還有一回是三溫暖耐熱大賽，有成員出現脫水症狀緊急送醫。

他們不想給一般人添麻煩而改變比賽類型，辦了大胃王比賽，但這樣仍有浪費食物之虞。

卡拉OK大賽時，有好幾名成員因為練習過度而傷了喉嚨，又得上醫院。

「我們之前太常鬧事，現在被條子盯得很緊……」

「如果再出什麼事，條子肯定會抓幾個人殺雞儆猴……」

「不過，不能因為這樣就終止比賽吧？」

「當然不行。」

神枝組和久利山組可是踩著大批同伴的屍體——雖然他們還活著——才走到今天。

這決心不是隨便說說。

於是，三勝三敗後的最終之戰即將來臨。

「我們要使出殺手鐧了。」

「……哦？」

啪！神枝組大姊頭將一張照片按在桌上。照片中有個女生。

那是個還很年輕的未成年少女。

其名叫做神枝楓。

她是神枝組大姊頭的獨生女，也是**接受過特殊英才教育的特務**。

「我們雙方不都苦心栽培女兒，以備不時之需嗎？」

神枝組大姊頭的眼神認真。

久利山組大姊頭的眼中也露出犀利光芒。

「……在棋盤上丟出這顆棋子，可不能反悔喔？」

「這點我很清楚。」

「她不是妳捧在手心上不忍受到半點傷害的愛女嗎？」

「這就像三味線一樣，如果沒打算讓她應用，我根本不會叫她學。」

「原來如此。」

久利山組大姊頭也是人，她猶豫了一會兒。

不過，她首先是背負幫派重擔的大姊頭，其次才是一名母親。

既然眼前的女人已經鐵了心，那麼她的答案也只有一個。

「好，我們也派出久利山火凜。」

屏氣旁觀的幫派成員們嚇得發抖。

幫派的前途就交由兩位小姐決定了。

女人與女人、幫派與幫派、黑道與黑道之間的鬥爭，終於迎來終局。

「妳可不要之後又後悔了，女狐狸。」

「妳才要做好準備換新的幫徽。我一定會讓你們刻上『久』字。」

侮辱至極的話語令神枝組大姊頭表情扭曲。不過，既然決定一較高下，接下來就不該用言語，而該用行動證明自己的厲害。

「那麼，比賽就從下個月開始。」

「好啊，就訂在下個月吧。這個月底楓有期中考，我不想打擾她念書。」

「這是當然的。現在這個時代，無論孩子走哪條路，都要讓他們保有多重選項。」

兩人突然表情一變，像午餐時間在家庭餐廳討論教育方針的媽媽般，深有共鳴地點點頭。

她們既是大姊頭，也是人母。

然而，身為母親卻要女兒出生入死，這殘酷的比賽方法究竟是什麼？

神枝組大姊頭——神枝環像下了致勝一棋般，用手指敲了一下桌面說：

「雙方同時誘惑目標，先擄獲目標的人就贏了。」

女人與黑道有著密不可分的關係。

日文美人局（tsutsumotase）的讀音源自賭博用語「筒持たせ（tustusmotase）」，為詐賭之意。

現代受間諜電影的影響，流行用甜蜜陷阱（honey trap）一詞，古代則稱「くノ一」（註：「女」字的隱語）。之後在花街文化中，女人既是蜜，也是武器。

儘管時代變遷，這項技術仍傳承至今。

久利山組大姊頭——久利山桔花也從容地點頭。

「我們家火凜絕不會輸。」

四周的惡煞們再度緊張到吞口水。

這天終於來了。

如今在這裡——

深埋於黑暗之中的技術，即將重見天日。

＊＊＊

開會決定完比賽內容後，神枝楓在自家聽說了這件事。

神枝家是棟傳統而豪華的日式平房，自大正時代以來代代相傳。在房子最深處的和室。

神枝環看著正襟危坐的女兒沉重地開口說：

「就是這麼回事，楓。能不能請妳擔任女人戰爭的最後一棒呢？」

「沒問題，母親。只要幫得上忙，我願意為神枝組做任何事。」

「……抱歉，沒想到最後的最後竟然要拜託妳善後。」

楓望著神情陰鬱的母親笑著搖搖頭。

「別這麼說，神枝組的人都很照顧我。我們不是一家人嗎？我也想回報大家。」

再冷酷的人聽到這句話都會眼眶溼潤，但環強忍淚水。

「……不知不覺間，妳也長這麼大了呢。說得很好。好，最後一棒的重責大任就交給妳了。」

母親微微一笑，同時遞出一枚信封。

「這是最後的任務。完成後——妳就可以自己決定所有事。」

信封內裝著目標對象的資料。

楓查看資料，接著——

……接著露出極其困惑的表情。

「母親。」

「嗯……對不起，妳生在神枝家，就得背負這種職責……」

「我不是說這個。」

母親面色凝重地發表身為黑道的感慨，楓思索了一下該怎麼開口。

最後決定直接將資料拿給母親看。

「這個目標是**女人**吧？」

「沒錯。」

那個人名叫朝川茉優。

她不是變性過的男性，而是完完全全的女性。

楓的確曾向母親學過擄獲異性的技巧。

她努力讓自己變美、培養氣質，並且習得教養。

男人的習性、傾向、喜歡什麼樣的事物、偏好什麼樣的女人——楓已將其全部牢記在腦中。

雖然還沒有實戰經驗，但只要她一出手，所有便利商店的男店員肯定都會當場和她交換聯絡方式。

對於占了世界一半人口的男性，楓絕對是無敵的特務，能夠發揮超強本領。

然而……

「我沒學過怎麼對付女人……」

「是啊，畢竟我也沒教過妳這種事嘛。不過這次的目標是一般人，當然也並非為喜歡同性的女性。」

「是要從零開始嗎……？」

這個要求的無理程度，簡直就像對學過鋼琴的女兒說：「同樣是樂器，妳改拉小提琴吧。」

楓繼續問道：

「…………為什麼？」

母親瞬間目露凶光，連同行看了也會嚇到光腳逃跑。

「妳還沒嫁人，萬一對男人施展美人計時出事怎麼辦？我不想為此將非黑道的人沉入東京灣。」

「咦……？好、好吧。」

她既是幫派大姊頭，對楓而言也一直是位溫柔的好母親……

於是，特務和目標對象全是女人，史無前例的美人計競賽就此展開。

MARETSUMI

第一話

神枝楓作戰開始

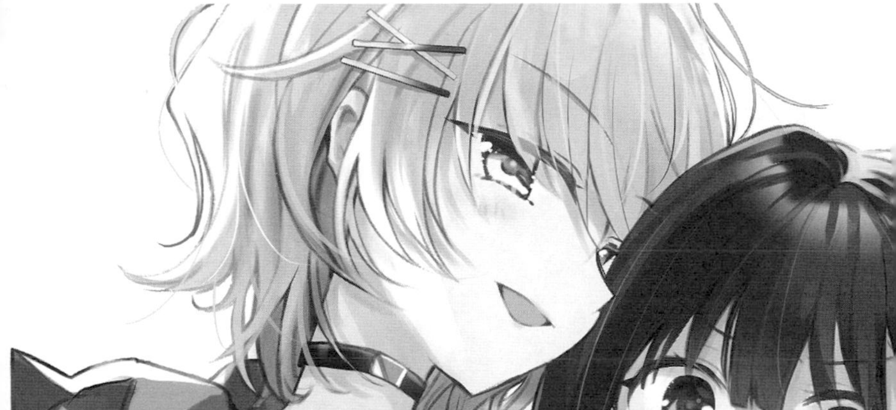

MARETSUMI

yuri ni hasamareteru
onna tte, TSUMI desuka?

神枝楓，十七歲，高二生。

她從小學習擄獲男性的技巧，如今已是美人計專家。

不過因為時代變遷，母親從未指派她參與實戰，她下意識以為自己成年前都不會接到任務。

她會這麼想，是因為無論幫派成員還是母親都明顯對她過度保護。就像明明是花道世家的繼承人，卻因為危險而被家人禁止拿剪刀一樣，她學的和做的完全是兩回事。

因此，她聽到這次的任務感到很意外。

母親低頭拜託她擔任最後一棒時，她下定決心。

楓不在乎自己會如何。

她要為養育自己、愛自己的人拚盡全力。

話雖如此——

「目標竟然是女生……」

期中考最後一天，楓在接送的車子中喃喃自語。

楓的考試成績優異。她本來念書就很認真，這次也考得很順利，絕對不會跌出校排十名之外。

不過，接下來的任務才是重點。

她到現在還沒訂定引誘朝川茱優的計畫。

她看了些寫給男生的「女性誘惑指南」，但她是女生，無法直接套用那些招數，因而沒什麼好點子。

接著她又問了幾位幫派成員。

——只要用大疊鈔票砸向女人的臉，她們就會乖乖聽話！

——重點是拳頭！拳頭硬的話對方自然就會靠過來！

——吸引女人的……是危險氣息吧？她們似乎難以抵抗這種魅力。

…………這些意見都太片面，不足以作為參考。

「哎呀～一定沒問題的！」

楓表情嚴肅地盯著窗外，忽然聽見開朗的聲音。

開車的是神枝組的成員新城堇。

她穿著彷彿菜鳥上班族的求職套裝，將黑髮在腦後束成小馬尾，打扮乾淨清爽。

那略帶稚氣的臉，說是女大生也有人信吧。

她奉大姊頭之命照顧楓。對楓而言，她既像姊姊，又像妹妹，也像寵物。

「因為我最喜歡大小姐了！」

堇透過後照鏡露出親切的笑容。

她說得就好像只要撒了飼料，鴿子就會聚過來一樣簡單；但那純粹的好意還是讓楓很開心，於是她說了聲「謝謝」並回以微笑。

「堇姊，妳喜歡我什麼地方？」

「咦咦～？說出來很害羞耶。」

堇露出靦腆的笑容，宛如被女兒稱讚的父親。

「大小姐很可愛、努力、溫柔，完全是理想女性……哎呀～反正全身都是優點啦。就像黑道中獨自盛開的花朵！」

真是偏心的意見。

楓探出身子，從旁注視駕駛座的堇。

「那妳能跟我……談戀愛嗎？」

她從完美角度頻送秋波，微啟雙唇發出平板而甜膩的聲音，散發迷人的香氣。這誘惑極具吸引力。

「呃，談、談戀愛就……！」

楓說得像認真的一樣，使得堇緊張到臉色發白。

她吞了吞口水。

「如果被大姊頭發現，她會不會把我埋起來……我聽說她會私下除掉接近大小姐的男人……」

「是嗎……比起我，妳更在意我母親啊？」

「我不是那個意思！」

短短幾分鐘的攻勢，不過是女高中生的玩笑話，就讓黑幫成員汗如雨下。

「我、我真的好緊張。呃，我們要不要私奔到南方小島……？」

堇激動到想要緊急迴轉，不但可能開到機場，甚至可能整輛車衝進海裡。楓當然不能讓她這麼做，於是決定放她一馬。

「抱歉，我是開玩笑的。」

「呼…………」

從堇的反應看來，對付異性的技術用在同性身上依然有效。堇明白楓只是要再次確認這點後，便鬆了口氣。

「我剛剛還在考慮，要不要聯絡前陣子認識的走私業者……」

「不過，我真的很喜歡堇姊可愛的反應。」

「您這個蛇蠍美人！」

「謝謝誇獎。」

楓將這句話當作稱讚，老實地接受。

她再次深深坐進後座，換回和自己年紀相符的雀躍聲音。

「不過可以打工了呢，好期待。」

她母親管教嚴格，若沒這個任務，她學生時代應該沒機會打工。

「負責接送大小姐的人說這種話不太好，但我覺得您的生活真的很不自由……」

堇的工作內容也包含監視楓，肯定對此很過意不去。

「我好開心終於能像普通女孩一樣了。」

「普通……嗎？」

「她們放學後都會和朋友去吃飯或出去玩，我從來沒有這種經驗。放學後打工是再正常不過的行為對吧？」

「喔……嗯，是這樣沒錯啦。」

楓說的「普通」並非不好的意思。

在特殊環境下長大的楓，對於普通和平凡無奇的事有股憧憬。

「但在我看來，總是閃耀著光芒的大小姐才令人憧憬……」

堇這麼說完，楓只回以淡淡的微笑。

當然，她去打工並不只是為了好玩。

現在車子正開往目標對象朝川茉優的工作地點。

楓打算和對方成為同事，再慢慢加深感情。

她今天正是要去那裡面試。

不過——

「那個，我應該比任何人都還要了解大小姐的優點。」

「嗯。」

「您真的要以這種風格去面試嗎？」

堇會擔憂且質疑是再正常不過。

因為老實說楓今天的打扮相當樸素。

她放學後已將制服換為便服，但衣服顏色單調、毫無個性。

若只是這樣就算了，她還戴著眼鏡，有些駝背地窩在座位上。就像被帶到動物醫院無精打采的貓一樣。

遺傳自母親的絢爛風華完全消失，取而代之的是一股隨時都在看人臉色的膽怯。

——這是她裝出來的。

「哪裡奇怪了？」

「不不不，大小姐無論何時都很美！」

楓很清楚董想說什麼。

第一印象最重要——這句話在任何戀愛指南都會寫，已讓人聽到耳朵長繭。

然而，她為何要刻意打扮成毫無魅力的模樣？

楓翹起長腿，用手撐著臉，露出任誰都會心動的美麗笑容。

「我會贏的。」

「呃……不好意思，我不懂您的目的，但以平常的模樣參戰會不會比較好……？」

楓不再對困惑的董多做解釋。

她說自己是為了家人、為了幫派而戰。

這當然不是謊言。然而她的動機不只這些。

這場「競賽」有個對手。

那就是久利山火凜。

對楓而言，她是最糟的——宿命對手。

被母親指派參加美人計競賽那一天。

楓的手機有一通來電。

那個號碼不在電話簿上。楓基於家庭因素，經常接到不明來電，因此毫無防備地接了起來。

「喂？」

『楓。』

那是一道女生的聲音。

楓有種心臟被人刺了一下的感覺。

儘管好幾年沒聽見這個聲音，仍然立刻認出對方是誰。她的心中湧現危機感，彷彿一隻小鳥懼怕著從未見過的猛禽。

「……火凜？」

『目標竟然是女孩子，開什麼玩笑。這樣叫我們怎麼玩？而且她的身分似乎還很普通？太無聊了。唉，真掃興。』

「妳要幹嘛？」

對了，這是場比賽，她應該早點料到對手可能會聯絡自己。

但楓卻下意識在腦中排除了這個可能性。

因為她想儘量忘記火凜這個人，即使多一秒也好。

「……妳特地打來就是為了說這個？」

『咦？妳不覺得這場比賽很糟嗎？』

「我只想為神枝組的大家努力奮戰。」

『是喔，真認真呢～我好想看到楓身心逐漸崩潰的樣子～』

楓的內心深處有股異樣感。四周景色開始褪色，只剩電話另一頭的聲音是真實的。

火凜到現在還瞧不起她。

「如果只想抱怨，那妳找錯對象了。」

『啊，對了、對了。』

火凜根本沒在聽她說話，自顧自地說下去。

『順便告訴妳，我最近正忙著準備學校的活動，被拜託做很多事，所以會晚一點參戰。在我參戰前，妳好好加油吧。』

「……什麼？」

楓氣到起雞皮疙瘩。

「這是任務，不要再鬧了。」

『妳要放水也行～畢竟，**目標是女生，對妳很有利吧？**』

楓瞬間沒能理解火凜在說什麼。

接著她腦中閃現紅光。

「那次——說到底還不是妳的問題！」

『哈哈哈，生氣了、生氣了。』

明知再怎麼叫囂都沒用，楓仍克制不住自己的情緒。情緒的煞車失靈了。

唯有在久利山火凜面前會這樣。

『再來，我要預告勝利，給妳一點壓力。其實我不太在乎輸贏，但我如果輸給妳，妳可能會誤以為自己在我之「上」吧？這樣就太可憐了。』

「我絕對不會輸給妳這種人。」

火凜用動聽到令人生厭的聲音笑了笑後，便掛斷了電話。

楓愣在原處，好一會兒都動彈不得。

不過，她下定決心。

她會拿出成果，不會只是嘴上說說。她要以壓倒性的差異擊潰火凜。

因此現在——

楓被堇載到打工地點附近後，站在路邊等待目標出現。

她做了個深呼吸。

每次想起火凜，楓的表情就會變得很凶。

（不行，我要專心。）

她因為首次執行任務而有些緊張，為了讓心情保持平靜，便對自己這麼說。

（沒事的，我是專家。雖然是第一次執行任務，但專家依然是專家。）

母親說過很多次，專業的拳擊手不可能輸給喜歡健身的普通人，所以她絕不會輸。

楓複習了一下目標對象的資料。

朝川茉優，家庭成員為父母二人，雙親都是公務員。

資料上只寫這樣。

母親說剩下要靠她自己接觸，親眼觀察。

（……正合我意，母親。）

楓最後再深呼吸一次，做好心理準備。

她一直生活在不普通的環境中。不過，完成這項任務後，就不用再和久利山火凜這個妖女有所瓜葛，可以開始過夢寐以求的普通生活。既然這樣，她想以勝利作結。

一名女子走了過來。

好，要開始了——

楓拿著裝有履歷的信封以及開著地圖程式的手機向對方搭話。

「那個，不好意思。」

「咦？啊，是。」

女子突然被人搭話，驚訝得睜大眼睛。

她就是目標對象朝川茉優。

近距離一看，她長得比照片中更可愛、更討人喜歡。

她的個子雖然比楓嬌小，但走路抬頭挺胸，散發出比外表更強的存在感。

為了讓她放鬆戒心，楓裝作不知所措的樣子，怯怯地開口說：

「我想去附近一間叫『安布羅西亞』的咖啡店……妳知道在哪裡嗎？」

「我、我知道！」

女子連續點了三次頭。她的表情變化大，肢體動作也很大。楓心想小朋友應該很喜歡她。

她指向附近的商辦大樓，動作有些生硬。

「在那邊，這附近真的很容易迷路呢！不嫌棄的話，我帶妳去吧！」

她的聲音清晰嘹亮，似乎接受過聲音訓練。

「這樣太麻煩妳了。」

「不麻煩！其實啊……我就是在那裡工作喔！」

女子頓了頓，彷彿播了一段謎底揭曉前的鼓聲後，才挺起胸膛笑道。

楓也回以微笑。

「那就拜託妳了。」

「好的！」

那笑容天真到讓楓覺得，若有人向她推銷藝術品，她應該也會毫不猶豫地買下。竟然對來問路的陌生人露出這樣的笑容，未免太沒戒心。楓從中感覺到她是個善良的女性，也很容易遇到危險。

楓和她並肩而行，默默地觀察她。

「呃，姊姊，妳是女僕吧？妳覺得這份工作怎麼樣？做得開心嗎？」

「嗯……要說開不開心，應該算開心吧。不過，我覺得做任何事好像都是這樣。」

「其實我……」

楓望著傻笑的女子，以講祕密的口吻低聲說：

「……我今天要去面試。如果面試通過，就能跟姊姊一起工作了。」

噹噹☆！女子立刻眼睛一亮。

「咦咦？原來是這樣！我會幫妳加油的！」

即使是對素未謀面的女生，她仍然全力聲援。

楓深深感覺到她的好人氣場。

「那個……有沒有什麼需要注意的事？」

「店長人很好，妳只要正常去面試就行了！不過妳可以稍微挺胸、調整一下姿勢，這樣會更好喔！畢竟這份工作需要常保笑容！」

女子對著扮演文靜少女的楓露出活力十足的笑容。

楓效仿她勾起嘴角。

「像這樣嗎？」

「啊，很棒。超可愛的！」

女子豎起拇指掛保證。

「謝謝。對了，可以請教妳的名字嗎？」

「我叫朝川茉優，在店裡擔任女僕，大家都叫我茉優。就算妳面試沒過，也可以來找我玩喔！啊，不對，這麼說好像不太好。」

楓呵呵笑出聲來，茉優也難為情地笑了笑。

「謝謝妳幫我這麼多，茉優小姐。」

她們在商辦大樓前道別。茉優走向店員出入口，楓則走向咖啡店入口。

就只是這樣平淡無奇的相遇。

（她感覺是個非常普通的好人。）

楓要引誘那名女子，擄獲對方的心。

她愣愣地思考這件事，總覺得很不真實。

她班上有很多像茉優那樣的女生。總是很聒噪、看起來很開心，有很多朋友。楓在學校有點被孤立，幾乎不曾和那些普通女生說過話。

（朝川茉優……這名字真好聽。）

初次見面的感覺還不錯。楓想了幾種能夠留下更強烈印象的方案，最後還是決定用這種。

在每天規律的生活中添加一絲非日常感。倘若要讓對方愛上自己，這樣的「拿捏」剛剛好。

（不知道女生怎麼擄獲女生……不過火凜的條件也和我一樣。我是這方面的專家，要更有自信地完成任務。）

雖有一絲不安，也只能相信自己，繼續前行。

那麼接下來——

（要順利通過面試。面試沒過的話就沒戲唱了。）

這裡雖然並非什麼可疑的店，但不歡迎十八歲以下的人應徵，因此楓在履歷上寫自己是十九歲的大學生。

她的身高有一百六十四公分，看起來比同年紀的女生沉穩，光看外表應該不會發現她謊報年紀。

因此，楓其實就這樣去面試也行，但她想做得更完美。

她摘下平光眼鏡，照茉優說的挺直背脊。

光這麼做，她就像隻羽化的蝴蝶般氣質判若兩人。

她散發美少女的光彩，宛如被施了童話中的變身魔法。

楓用手順了順頭髮，調整好表情踏入店內。

緊張感已完全消失。接下來的任務對她而言輕而易舉。

「歡迎光臨，主人——」

櫃檯女子的聲音有些興奮。

店內目光聚集在她身上，漸漸變得炙熱。

楓感覺到周圍的空氣——世界的空氣瞬間改變。

「我是預約今天下午三點面試的神枝楓，請問負責人在嗎？」

充滿自信與氣質的聲音如秋風般掃過店內。

神枝楓，十七歲，高二生。

她無疑是個——從小學習擄獲男性技巧的美人計專家。

MARETSUMI

第二話

朝川茉優的前半生

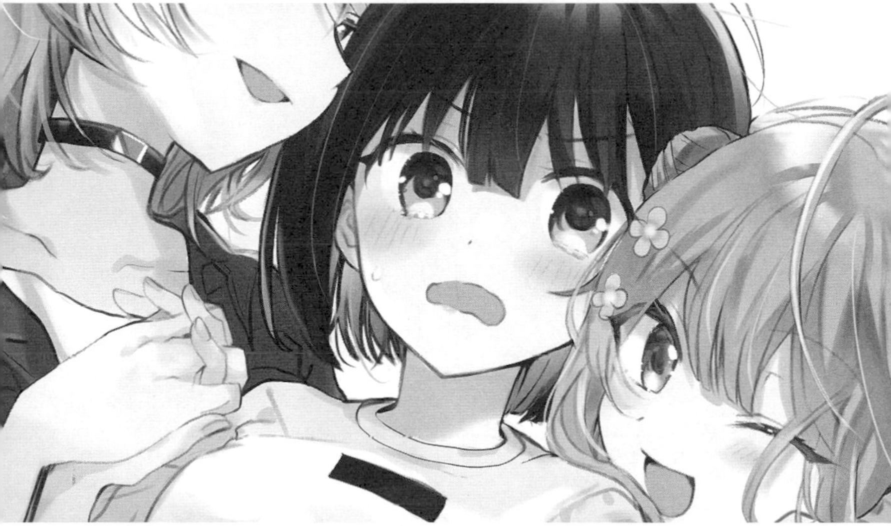

MARETSUMI

yuri ni hasamareteru

onna tte, TSUMI desuka?

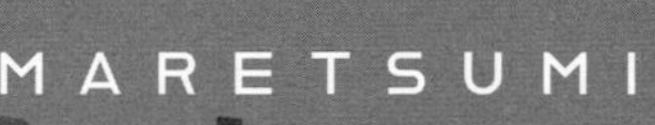

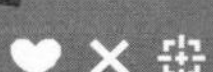

MARETSUMI

朝川茉優，二十三歲，職業是打工族……不，是女僕。

小時候的夢想是「什麼職業都好，就是想成為特別的人」。

這個夢想只實現了一半。

對女僕咖啡店的常客而言，茉優的確是獨一無二的特別女孩（沒錯，是女孩）。但放眼全日本，她只是個隨處可見的平庸女僕咖啡店店員，就像量產的一樣。

不過，說她是隨處可見的平庸女孩，似乎又不太對——

「呼、呼、呼……！」

茉優現在正全力衝向安布羅西亞。

快要遲到了！這已經是十一月以來第三次，再遲到就糟了。儘管店長個性溫厚，但她再遲到一次，店長就要嚴懲她掃一個月的廁所。

因此茉優使盡全身的力氣不斷向前衝。

然而，她從高中畢業後過了好幾年，體力也變差了。即使竭盡全力，這速度也只能算快走而已。

她在心中再三責備沒用的自己。

——就是因為這樣，我二十三年的人生才會連一件好事都沒有。

這用來攻擊自己的刀刃未免太過尖銳。

平時她明明都會努力分散自己的注意力，不去思考這件事！

（可是、可是……事實就是這樣啊……）

她不停向假想的對象——也許是神——重複同樣的藉口。

茉優原本想成為可愛的偶像。

日本全國可能有幾萬人，甚至幾十萬人想登上夢想舞臺，茉優十幾歲時也曾毫無根據地相信自己能成功，當時她的人生還是閃耀的。

高中畢業後她加入女子偶像團體，順利舉辦一場又一場演唱會，粉絲也逐漸增加，再過一陣子就能發片出道。

本該如此。

然而有一名團員被爆經歷造假，謊報的年齡與實際差了十歲之多，還被拍到與男友的熱戀照，甚至用小號持續批評經紀公司。這大三元般的醜聞使得團體被迫解散。

沒地方可去的茉優來者不拒地參加過好幾個偶像團體，這邊晃晃、那邊晃晃，一轉眼就二十三歲，於是她中止了偶像活動。

她想找份工作，便進了女僕咖啡店，如今只能在這裡尋找微小的喜悅。

受客人指名、拍下拍立得瞬間的快感，真讓人難以抗拒！

無法成為故事主角也沒關係，但她不想一直待在世界角落羨慕那些發光發熱的人。

（是我的期望太高嗎……身為路人，就該滿足現狀吧？）

茉優想擺脫這股鬱悶感，在心中吶喊。

自己小時候想像的「特別」究竟是什麼？

是戀愛嗎？

被人深愛就能得到滿足嗎？她對未知有美好的幻想，最近甚至覺得或許該提早開始找對象結婚……有時她回到獨居的家，喝著罐裝調酒就會這麼想。

還是工作帶來的充實感呢？

她現在是女僕咖啡店的店員，努力爭取客人指名，好不容易就快擠進店內排行榜的前三名。

比起戀愛這種捉摸不定的妄想，這才是更為現實的願景。

……然而，如果她被趕去掃一個月的廁所，這份看似唾手可得的成功也將會化為泡影吧。

就這樣，她的人生煩惱繞了一圈又回到原點。現在的重點在於她會不會遲到——

她用毅力苦撐，累到幾乎要穿越光壁抵達另一個世界時，終於衝進店員的出入口。

由於腦袋缺氧，她反射性脫口道歉。

「不、不好意思！我遲……」

……沒有。時鐘的指針還沒走到。

「太好了……」

茉優不禁癱坐在地。她一毫米都走不動了。

不不不，這樣不行。這裡不是終點，還要打卡才行。茉優搖搖晃晃地站起身。

她因流汗而脫妝到像素顏一樣，不過稍後補完妝就能開始接待客人了。好，今天也要向來店的主人們傳遞一期一會的愛！

「喂，朝川。」

正鬆口氣，頭頂上方卻傳來聲音。

茉優顫抖著抬起頭。

前方有幾名女子，即使穿著象徵侍從的女僕裝，仍掩飾不了身上那股草原猛獸般的威壓感。

她們是茉優的同事五島、西浦和夏木。

順帶一提，她們的指名率分別是店內第一、第二和第三名。

「什、什麼，怎、怎麼了？」

茉優被安布羅西亞的三強包圍，如被關在籠子裡的倉鼠般問道。

站在最前頭的五島不但表情凶狠，聲音也很嚇人。

「員工用的廁所堵住了，朝川，妳去處理一下。」

「咦？我、我嗎？」

五島自顧自地說完，茉優感到不知所措。

她的嘴又張又闔，最後踉蹌起身。

「知、知道了……呃，先讓我打卡。」

五島擋住她的去路。

「什麼？我不是叫妳快點去嗎？」

「可是這樣我會遲到。」

對方又逼近一步，她嚇得差點慘叫。

「我快尿出來了，動作快一點。」

「有、有嗎……妳的表情看起來很正常啊……」

「妳光看別人的臉，就知道人家是不是尿急嗎？」

「嗚嗚嗚，妳不能去附近的超商借一下廁所嗎……」

「別廢話那麼多，快去打掃。」

後面兩個人也幫腔說：「快點、快點！」「還敢頂嘴啊？」

茉優抵抗了一會兒，猛地一看時鐘，早已超過規定的上班時間。

「啊……」

「好了，去掃廁所吧～」

三強開心地說。茉優輸了。

她抱著受傷的心走向廁所。真是難堪。

廁所一片狼藉，就像有人故意拿東西堵住馬桶一樣。

茉優悲傷地打掃完廁所回到休息室，三人正愉快地聊著天。

「呃，打掃好了……」

「好喔，辛苦了。妳很會掃廁所嘛。之後也麻煩妳嘍——直到妳辭職的那一天。」

五島說得就好像事情已經確定般。茉優正要將水桶收進掃具櫃，水桶直接從她手中滑落。

「咦……咦？為什麼？」

「我對店長說妳遲到的懲罰太輕了。我長這麼可愛，在店內指名率又是第一名，不管說什麼店長都會聽。」

「咦咦咦……」

五島拉高音調裝可愛，還刻意強調制服下的大胸部。

儘管她服務態度不怎麼好，仍充分利用美貌和豐滿的身材爭取到相當多指名。

茉優以前有在追星，本來就很喜歡可愛的女生。就茉優看來，五島的確是個眉清目秀的美人，聞起來也香香的。

然而，看著五島一次又一次被客人指名，茉優體認到世間真的只重視臉蛋和身材，有種自己被否定的感覺。

說到底，問題還是出在用遊戲參加費和指名費來製作排行榜，這樣店員們當然會吵架啊！

茉優忍不住回嘴。

「可、可是我之所以會遲到，還不是因為妳們每次都在我上班前要我做東做西！」

話一說完——

五島的目光立刻變得銳利。

「什麼意思？這是要怪我們嘍？」

她身上僅存的可愛感完全消失，後方的兩人也一樣。

茉優覺得自己踩到了老虎尾巴，不禁向後退。

「也、也不是說每一次都這樣，只是……」

她聽見對方的咂舌聲，嚇得冷汗直流。

「只是……嗚嗚……」

情緒的出口彷彿被堵住，她一句話都說不出來。

滿溢的情緒化作眼淚滲出。

「妳哭什麼啊，煩死了……啊，要開會了，我們走吧。」

五島不再理會茉優，轉身離去。

茉優被獨自留在原地，奮力按捺情緒的洪流。

（為什麼每次都這樣？）

女僕工作明明做起來很開心，她卻覺得各方面都到極限了。真的每件事都不順。

五島她們欺負茉優沒有什麼特別的理由，只是因為茉優長得好欺負，她們自然想欺負她。

茉優為什麼知道？因為她去到哪兒都會遇到這種事。

（如果一生的運氣總量是固定的，那我之後的人生應該會很多采多姿吧……）

若能真心相信這點，應該會過得比現在更快樂。

茉優像錢包掉進水溝般哭喪著臉，拖著腳步走進更衣室。

她打開自己的置物櫃，發現裡頭塞著清掃廁所的簽到表。姓名欄大大寫著「朝川」，甚至超出格子。看到那張紙，她心中又下起大雨。

她將簽到表放到一邊，拿出掛在衣架上的女僕裝。穿這件制服的機會可能不多了。如果一輩子都在掃廁所，想成為「某人特別的人」這個夢想必定會付諸流水。

辭掉工作後要做什麼？是不是該找對象結婚了？

（不過就算我自以為找到命中注定的對象結了婚，還是不會幸福吧……感覺會被出軌或家暴……）

茉優沉浸在這淹到膝蓋的悲傷中開始換衣服。

她脫下便服只剩內衣褲，套上裙撐，再套上洋裝。

裙子有了裙撐的支撐，變得蓬蓬的之後，再穿上圍裙。她將繩子繞到背後交叉打了個蝴蝶結，整理完頭髮後戴上髮箍。

這就是平常工作穿的女僕裝。她對著全身鏡微笑，看起來有氣無力。她會這樣也是當然的。

茉優無意間想起前幾天問路的少女。

不知道她應徵上了嗎？她長得還不錯，如果更有自信些，一定能成為很好的女僕。

（……不，現在的我沒資格說這種話吧……唉，好了、好了……）

當她正在和鏡中的自己互相安慰時——

更衣室的門被人打開。

茉優嚇得跳了起來。

「啊，咦？店、店長。」

店長平常溫和得像個在緣廊喝茶的老奶奶一般——雖然她才三十幾歲——如今卻面色凝重。

「對、對不起！我馬上……馬上就去掃廁所！」

她害怕到含淚用手遮著臉。

店長抓住她的手腕。

「噫！」

「朝川。」

「是、是的……！」

茉優想像了最糟的情況。

（解僱？直接跳到解僱這一步了嗎？）

然而事情和她想的不一樣。

「快點來……我要向大家介紹今天進來的新人……」

「咦………？好、好的。」

（就這樣？）

她傻眼地點點頭。

店長喃喃自語：「這真的不得了……」茉優第一次看到店長這樣。

兩人一同走進辦公室，店員們已在新人身旁圍成一圈。

「呃，大家好……」

茉優小心翼翼地走到圓的最旁邊。

她疑惑地觀察眾人的臉色，發現五島、西浦和夏木全都目瞪口呆。

（咦、咦咦？）

怎麼回事？那陶醉的表情，彷彿剛看完一部精采的戀愛電影。

茉優順著三人的視線看向圓的中心。

站在那裡的是——

「我是今天進來的新人神枝楓。請各位前輩多多指點、指教。」

那名美少女活脫脫就像從大銀幕走出來的一樣。

（這、這女孩…………）

待在演藝圈角落看遍無數女子的茉優，驚訝到甚至傻了眼。

（身上的美少女氣場大爆表……！她、她到底是誰……？難道是現今的當紅偶像來參加一日體驗營（嘲弄我們）嗎……）

從纖纖玉手到腳尖、頭頂，全都美麗動人。無論單看哪一個部位，都纖細而絢爛。宛如從小到大只吃桃子的傳說生物。

茉優若在偏遠的山中遇到她，可能會以為自己遇到了天女。

她連「好漂亮」三個字都講不出來，感嘆聲取代了呼吸。

「哇……哇啊…………」

這時她與女孩對到了眼。

對方微微一笑。

（唔！）

光是這樣，茉優就腰肢無力，差點癱軟在地。

（不知道怎麼形容，總之好厲害……這笑容的威力好強……！）

和女孩相比，茉優的笑容不過是露齒瞇眼的普通動作。

眾人沒有躁動，反而鴉雀無聲。

在真正的美少女面前，所有人都成了安靜的稻草人。

不過這時——店長終於想起自己的職責。

「那麼，教育新人的工作就由……」

五島像被電到一般，再度動了起來。

「我、我來！交給我吧！」

茉優瞬間回神，但為時已晚。

不……就算她早點回神，應該也不敢出聲。

每次這種突如其來的幸運，都會從離她很遠的上空呼嘯而過。

以前抽籤換座位時，也沒發生過奇蹟。她從來不曾和有好感的男生或者想當朋友的女生坐在一起。

（沒錯，我的命運就是如此……）

她本來已經要放棄了。

「好久不見，茉優小姐。」

直到從女孩口中聽見自己的名字。

「……咦？」

她反射性地問。

新人美少女——神枝楓將店長和五島拋到九霄雲外，那花苞般惹人憐愛的雙唇勾起弧度。

「面試那天受妳照顧了。我實現心願，來安布羅西亞工作了。全都是託妳的福。」
茉優眨了好幾下眼睛。
她光看外表完全不知道對方是誰，但對那呢喃般的聲音有印象。
「難、難道妳是那天的女生……？咦，為、為什麼？」
楓歪起頭，不懂她說的「為什麼」是什麼意思。
（不不不不不，居然有這種事？）
「怎麼了？」
「沒事……只是覺得……妳給人的印象變了……」
茉優只能這樣委婉地稱讚楓。她無論如何都想告訴楓，妳真是個大美人。
「是的。因為妳教我的事，我都銘記在心。」
楓露出比剛洗好的白襯衫還潔白的笑容。
「咦……？我沒教妳什麼……」
茉優真的沒教楓什麼，但這麼說聽起來只像在謙虛。
楓笑得楚楚可人。茉優差點誤以為是自己塑造了這個美少女。
（奇怪？胸口怎麼……悶悶的……這是什麼感覺……？）
她是在為自己能稍微參與美少女的人生感到高興嗎？

店長在一旁看著楓和茉優的互動，用手托著臉頰。

「朝川……既然妳認識楓，就由妳指導她吧。」

「「咦……咦咦？」」

茉優和五島的聲音重疊在一起。

「麻煩妳了，茉優前輩。」

楓立刻低下頭，五島只好將制止的話語吞了回去。

茉優也被那燦爛的笑容揪住心臟。

她心中那些「我辦不到！」之類的自虐聲音，隨即被光燃燒殆盡。

「請請請、請多指教！」

只留下人類最單純的情感，單純地覺得「好開心」。

「什、什麼鬼……真煩人……」

站在她旁邊的五島小聲咒罵。

可惜現在與楓相視而笑的茉優智商只有1。可愛的女孩當前，她除了「哇，好可愛」之外，什麼都沒辦法思考……

於是，茉優成了負責教育楓的前輩。

這一切當然都在楓的掌控之中，然而現在的茉優對此一無所知，只會呵呵傻笑。

她看著小步跟在自己身邊的楓，心想「她連走路方式都很美」，大腦已經沒有在正常運作。

「那之後就麻煩妳嘍，前輩。」

「那、那個，我叫朝川茉優！」

「是，我知道。」

楓露出一個近距離的微笑。

茉優感到心跳加速。

「我、我才要請神枝妳多關照……」

「叫我楓就可以了。」

茉優沐浴在這呢喃般的美聲中，覺得自己像是突然發起高燒。現在測量她的體溫可能會超過四十度。

原來這就是所謂的「特別感」啊……楓的光芒耀眼得有如棒球場的夜間照明，茉優快被擊潰。

「那、那麼……楓小姐。」

「是的，我叫楓。」

楓笑得很清純，像個很開心能和丈夫改為同姓的新婚妻子。

這甜蜜的氛圍是怎麼回事？

「那、那麼！我拿制服給妳，跟我來更衣室吧！」

「好的。」

不用說，楓當然跟在茉優身後。一個美人竟然會聽她的話，這小小的舉動幾乎滿足了她渴望被認同的心理需求。

（這樣不行，我太得意了……真的太得意了……）

茉優是個錯失離職時機的資深女僕。她這個老鳥，至今帶過好幾個新人。

即使現在進來一個可愛的新人——不，是美若天仙的最強新人，工作依然是工作，她會認真完成。

她們進到更衣室。茉優從送洗過的衣服中拿出備用女僕裝遞給楓，不經意碰到了楓的手，心臟怦怦跳。

「啊，不、不好意思。」

「？」

美少女似乎能將接觸到她的人都變得像國中男生一樣。

茉優拚命故作鎮定，卻掩飾不了自己的模樣。

「那、那個，妳穿M號的可以嗎？我們店裡的女僕裝腰比較細，如果覺得太緊就跟我說……啊，應該沒問題……」

楓不可能比茉優還胖。這就像手一鬆，蘋果就會掉到地上一樣理所當然。

「是的，謝謝妳。請問這要怎麼穿呢？」

「喔喔，別擔心。第一次穿的時候我會教妳……我會教妳！」

茉優被自己的發言嚇到。

楓疑惑地望著她，她趕緊搖搖頭。

「那、那我們就來試試看吧。」

「好的。」

楓在茉優面前將自己身上的衣服一件件脫下。

外套、襯衫、短褲、褲襪……

更衣室裡當然只有她們兩人。

茉優覺得自己很像在利用前輩的身分，對楓進行嚴重的職權騷擾。可是她之前對其他後輩明明也是這樣！

「脫完了。」

「嗶。」

她不小心發出類似鳥叫的驚呼。

楓一下子就脫到只剩內衣褲，一點也不覺得難為情。

脫完後身體曲線一覽無遺，比想像中還——不，她才沒想像——纖瘦。

那圈細腰尤其令人讚嘆，宛如漫畫的登場人物。

肌膚無處不光滑潤澤，反射著更衣室的螢光燈透出光澤。

楓抬起白皙的腿想穿上洋裝，大腿根部和純白的倒三角形布料映入茉優眼中。這光景可能會出現在她夢中。

茉優受不了了。她不敢再看下去，不由得轉過身去。

「妳、妳不喜歡被人這樣一直盯著看吧！」

「我不在意。」

茉優反倒希望她多在意一點。妳是未婚的年輕女孩，行事要更謹慎！——她差點開始胡亂說教。她有莫名的信心：此時楓若大叫，自己絕對會被逮捕。

衣物摩擦的沙沙聲使她的想像力無限膨脹。

（無論店長或五島都好，拜託趕快闖進來……！）

然而沒有救兵。

「那個……」

楓向她搭話，她感到驚慌失措。

「怎怎怎怎麼了？」

「茉優小姐為什麼想當女僕？」

楓也許是發現茉優很緊張，才會開口緩和氣氛。

「我、我嗎？這、這個嘛……因為女僕感覺嘻嘻哈哈的，很開心……」

茉優只想出這種感覺愚蠢的感想。

她又多動了動腦筋。

「不、不是啦。我以前就很喜歡可愛的女生、可愛的東西……之所以會當偶像，啊，我以前當過偶像……不准搜尋我喔，會很丟臉。總之會想當偶像，也是因為想穿可愛的衣服。」

這樣的表達方式實在讓人很難懂。

茉優結結巴巴地回答。

「人生中不是有一些大日子嗎？像生日、畢業典禮那樣，偶爾會讓人誤以為自己是主角的日子。我喜歡那種特別的感覺，特別可愛的衣服就會讓我聯想到那種感覺……」

她不停說話，想要蓋過衣物的摩擦聲。

「所以我才會覺得當女僕好像很開心。實際做起來也很開心……不過畢竟是工作，再怎麼特別的事，做久了也會變得普通。」

茉優說完才驚覺。

這麼說未免太沒夢想。無論如何都不該對第一天上工的女孩說這種話。

「哇啊，抱歉，我只顧著說自己的事！」

「茉優小姐。」

她聞聲轉頭。

楓拿著女僕髮箍對她微笑。

「茉優小姐接下來的人生，一定會變得很特別。」

「咦……咦……」

什麼意思？

茉優被楓的笑容奪去注意力，無法這麼問。

不過她的心跳快到胸口發疼的程度。

她順勢接過楓遞出的髮箍。

「可以幫我戴髮箍嗎，茉優小姐？」

「好、好的，妳不介意的話……」

楓像花一樣露出笑容。

「我想請妳幫我戴。」
說完她閉上眼睛。
身子前傾，低著頭。
茉優的手在顫抖。
她輕輕將髮箍戴在那細軟的頭髮上。
從少女變身為女僕的楓抬起頭微笑。
「謝謝。」
楓溜進茉優平凡無奇的日常中，帶來特別的非現實感。
茉優覺得自己的故事就要緩緩展開。

＊＊＊

茉優今天也笑容滿面。
——每天、每天、每天、每天的工作都好快樂！
楓進入安布羅西亞後過了一週。
茉優的黑白世界變成了三千三百萬畫素的超清晰彩色世界。

「早安～！」

「早安，茉優。」

由於教育訓練的關係，兩人最近班表一致，茉優每次來上班都會見到楓。如果這都不叫幸福，到底什麼才叫幸福？

楓已換好女僕裝露出甜甜的笑容，還散發出一股讓人肅然起敬的氣質。

一週下來，兩人已經變得很熟，甚至交換了聯絡方式！

茉優越了解楓，越覺得她是個完美女孩。

除了外貌出眾這種一看就知道的優點外，記憶力也很好，待人溫柔，而且感覺膽子很大，即使到外場服務也表現得落落大方，這點為她加了很多分——總分已經超過五億。茉優從沒見過這麼令人放心的後輩。

茉優對楓說：「聽到妳對我用敬語，我緊張到手都要發抖了，請用平輩的口吻跟我說話！」這麼拜託她時，她也爽快地答應了，人真好。

如今她們已習慣以名字相稱。

她才不管什麼前輩的威嚴，從一開始就不在意。

「呵呵呵。」

「怎、怎麼了？有什麼事嗎？」

「沒有，只是覺得每次上班都能看到茉優好開心。」

「因、因為我負責帶妳嘛！」

與楓心意相通，茉優既開心又害羞，笑到眼睛瞇成一條線。

她的心情好比服侍公主的女僕，服侍神的天使。

自己彷彿成為楓的一部分，靈魂也變崇高了。真棒。

「不過，自從楓進來後，咖啡店每天都變得更忙碌了呢～！」

「這樣啊。」

「嗯，店長每天都忙得團團轉，發出欣喜的哀號。好多主人光是聽到妳說『歡迎光臨，主人（笑）』，就被迷得神魂顛倒呢！」

「過獎了。茉優妳鞠躬的角度才厲害呢。我雖然也想偷學，但怎樣都學不來。下次教我吧。」

「當、當、當然好啊！啊，我先去換衣服，待會兒見！」

「嗯，待會兒見。」

美得像洋娃娃的楓揮揮手，茉優離開她走向更衣室。

恢復獨處後，她嘆了口炙熱的氣息。

小學時受老師關照的心情再度湧現心頭。

現在想想，當時可能是她人生的巔峰。

班上每個人都很喜歡老師。平常想和老師說話還得排隊，那天茉優的家長剛好比較晚來接她，老師就和她一起摺紙，陪她等爸媽；就她們兩個人。這讓她覺得自己成了特別的人。

仔細想想，她現在對於「特別」的那股信仰，或許就是從當時的心情演變而來的。

如今待在楓的身旁也有同樣的感覺。光和對方說話就能變得幸福。

就像女主角之於男主角，抑或是男主角之於女主角。對茉優而言，楓就是如此特別的存在。

（她的存在就是一種罪……讓人感覺到罪惡的滋味……）

光是待在楓身邊感受楓的存在，彷彿就能分泌大量的腦內啡。

（呼……我都開心到合不攏嘴了……）

茉優在更衣室裡換著衣服，努力閉緊嘴巴，這時有人走了進來。

「喂，朝川。」

「是～！」

她笑容滿面地回頭。

「噫。」

是五島。

「妳噫什麼噫？」

「不，沒什麼……」

和讚頌每一天的茉優相反，五島的心情越來越差。

所以茉優早有預感她之後一定會來找碴。甚至覺得她等了一個星期才來已經算很能忍了。

今天她的跟班不在，只有她一個人。

茉優為此感到不安。沒有其他人在場，不知她會做出什麼事。

總之還是別惹她……

「怎、怎麼了？」

「妳趁著新人進來，躲掉了掃廁所的工作。該不會因為這樣，就得意忘形吧？」

「我、我哪敢。」

茉優以前即使被五島瞪，也會覺得「唔，好可愛」。然而見過楓之後，她只覺得五島是個很凶的人。

楓的存在剝除了一切虛假的裝飾。太美也是一種罪。

不過，當五島步步逼近時，茉優還是會感受到另一種意義上的心跳加速。

「對了，那個神枝楓啊。」

「是、是的。」

茉優認識五島很久，大概能猜到她想說什麼。

她一定很怕這樣下去，安布羅西亞人氣第一的寶座會被楓奪走。

證據就在於，茉優最近曾數度感受到五島的視線。她每次都惡狠狠地盯著楓。

由於楓還在受訓，無法接受萌萌拳和拍立得等顧客指名。不過，一旦她開始接受指名，要不到一星期……不，搞不好短短一天，五島就會從頂峰急速墜落。

所以五島必定——

「妳、妳是不是想找楓麻煩……逼她辭職……？」

必定想拉攏負責教育楓的茉優。

若是以前那個懦弱的茉優，可能會屈服於五島的銳利眼光之下。然而此時的她卻出聲反對。

「不能那麼做！」

茉優可以忍受五島找自己的麻煩。

但楓是個好孩子。

她不願讓那孩子的臉蒙上陰影，鼓起些許勇氣說出這些話。

「妳在說什麼？」

沒想到五島卻一臉疑惑。

「咦……？」

她好像完全誤會了。五島將臉靠向愣住的茉優。

「話說……把教育工作讓給我嘛。」

「咦？妳想接近她？」

五島扭捏地雙手交握，同時雙頰泛紅。

「當然啦……不然還有什麼理由？她長得那麼可愛……真想和她一起在家做飯、一起出門逛街……」

那聲音就像戀愛中的少女。

茉優第一次見到這樣的五島。她退後了幾步。

「原、原來五島是這種人……？」

「什麼？我不懂妳在說什麼，哪種人？」

「沒、沒事………」

茉優當偶像時有禁止談戀愛這種不成文的規定，因此有些人會轉而發展女女關係。

不過無人理睬的茉優與這種事無緣就是了……

但是她嚇了一跳。沒想到五島也被楓的魅力迷倒。

話說回來，五島似乎意外地有顆少女心。她上傳至咖啡店社群網站的照片，也顯示她房裡堆滿布偶。

即使她展現出這可愛的反差，茉優只覺得困擾。

五島噘起嘴。

「只有妳跟她那麼要好……未免太狡猾了吧？妳想獨占那可愛的孩子到什麼時候？真氣人。」

「嗯、嗯啊。」

茉優沒有辯解的餘地。

她能和楓那麼好，純粹是風水輪流轉，碰巧運氣好而已。她完全理解五島為何會覺得不公平。

畢竟她至今為止都是不被重視的那一方。

雖說如此，五島和茉優不同。

五島是個想要什麼就會自己去搶的超肉食系女子。

「其實我不必求妳把她讓給我。只要妳辭職，我自然就有機會了。」

五島眼中亮起警告之色。

這做法未免太陰險。

「等、等一下！太過分了吧！」

「妳也知道自己不配吧？任誰都會覺得妳沒資格和那孩子當朋友。」

這句話刺中茉優的心。

「這、這……」

這些話像在否定茉優快樂的一週。

她心中有一部分不得不認同五島的話，驚訝與困惑激烈地在內心翻騰。

「仔細想想，我和妳究竟誰更適合和神枝在一起？被妳這種人介入有夠掃興的。」

五島留下讓人毛骨悚然的笑容，拍拍茉優的肩膀後離去。

「該、該怎麼辦……」

無論如何，上班時間到了，總不能一直愣在這裡。茉優顫抖著手換好女僕裝，然後走出更衣室。

接著，她看見楓在辦公室裡和五島談笑。

楓一見到茉優，立刻笑著說「歡迎回來」迎接她。

可是她立刻注意到茉優的異狀，疑惑地歪起頭。

「怎麼了，茉優？」

「咦？沒事，那個！」

賴在楓身邊的五島使了個眼色，要茉優什麼都別說。

茉優也不想讓楓捲入這醜陋的戰爭中。

「沒、沒什麼！只是肚子有點痛！」

「肚子痛？我有帶備用藥，這就拿來給妳。」

「不、不用了！我沒事！可能是有點累了吧！哈哈哈哈……」

「……」

對於一臉疑惑的楓，五島對她笑了笑。

「好了，別理朝川了。神枝，妳假日都在做些什麼？」

「呃，我——」

兩人的對話就像從遙遠世界傳來的一樣。

——唉，這次果然也失敗了。

鬱悶的心情使胃變得沉重，肚子真的痛了起來。

茉優不能進入楓和五島所在的那個特別空間。

因為她是個普通人。

運氣差，走到哪裡都會被盯上，得不到任何想要的東西。這就是她的人生。以前是這樣，以後一定也是。

在世界各處，有人買彩券中獎，有人是藝人的小孩可以念好學校，有女生被石油大亨看上而結婚。

然而茉優不是這些人，所有好事都輪不到她。

茉優悄悄轉過身背對兩人，心想還是去做些有用的事好了，比如掃廁所之類的……

「喔，這樣啊。我也很喜歡那個牌子，下次要不要一起——」

「……」

茉優拖著腳步離去，五島興奮的聲音像在驅逐她似的。

但她悲慘的命運不只如此。

——從這天起，五島開始拚命找茉優麻煩，試圖逼她辭職。

她原以為會這樣，五島卻沒這麼做。

不只五島，連她的跟班西浦和夏木都沒來找碴，只會講工作上的事。

日子過得一切順利，平靜祥和。

「為什麼……？」

幾天後，茉優一個人在休息室喃喃自語。

「是暴風雨前的寧靜嗎……？更讓人不舒服了……」

她已經準備好用最後一絲力氣澈底和五島對抗。

儘管她很膽小，卻仍然不想輕易被對方打倒，因而隨身攜帶錄音機和防狼噴霧以防萬一。

當然，她並非躍躍欲試地想使用這些東西，沒事最好。

……如果真的沒事就好了。

「嗯……不過，那個壞心又纏人的五島，真的有可能什麼都不做嗎……」

就在她喃喃苦思時，有人走進來坐在她旁邊。

那個人是五島。

「辛苦啦，朝川。」

「嗚噫！」

茉優嚇得差點彈起來；五島見她這樣，輕笑了一下。

「幹嘛那麼害怕？我什麼都沒做耶。」

「不，那個……咦咦？」

茉優拚命後退，摸了摸口袋。噴霧被她忘在櫃子裡了。

她只能瞇起眼睛觀察對方的動向；五島望向遠方，放鬆表情。

「我之前的確有點壞心……」

茉優彷彿聽見人生結束的聲音。她想起自己當偶像時，經紀人苦笑著對她說「我們……已經不需要妳了……」的聲音。

沒想到五島像是改邪歸正般說：

「抱歉對妳說了那些話。」

「咦？」

「是我的問題。我明白道歉不一定能獲得原諒……但我真的有在反省了。」

「……妳是不是吃壞肚子了……？」

如果有「五島最不可能說的話」排行榜，她現在說的這些絕對是前幾名。

若是見到十年前霸凌她的同學說這些就算了，五島威脅茉優明明是三天前的事。

她的態度有如天差地別。茉優是個澈底的濫好人，不禁擔心起五島是不是和誰交換了靈魂。

「妳、妳怎麼了？這麼說很不像妳！」

「我了解到自己應該溫柔待人……」

「五島，妳還好嗎？意識還清楚嗎？需不需要幫妳叫救護車？」

「是那孩子教會我的。」

那孩子。

她說的應該是楓。

這只是茉優的猜測，她完全不懂五島在說什麼。

這時，西浦和夏木也說著「辛苦了」走進來。安布羅西亞指名率第一至第三名的女僕，每個人都表情和善。

不，應該說原本的第一至第三名。

「針鋒相對的職場待起來太不舒服了。」

「沒錯、沒錯。大家要好好相處。」

「愛與和平最重要。」

她們的眼神很溫柔，好像連妝容的風格都變了。

「妳、妳們是怎麼了……？」

茉優覺得自己有如從龍宮回來的浦島太郎，慌張地環顧四周。

接著，休息室的門被緩緩打開。

穿著女僕裝的楓走了進來。茉優不但沒有習慣她的美貌，反而覺得她一天比一天更美了。

楓笑著微微舉起手。

「大家辛苦了。」

「「「「辛苦了～！」」」」

包含茉優在內的四人同時說道。

茉優回過神，然後站起身。這情況太奇怪了。

「那個，妳可以來一下嗎？」

「怎麼了？」

茉優連忙拉著楓的手走出休息室。

她背靠著門，壓低聲音詢問楓：

「妳是不是對五島她們做了什麼？」

「什麼意思？」

楓看起來跟平時沒有兩樣。

「呃，因為她們以前總像壞心的繼母一樣……」

楓笑了一下。

「那麼茉優就是灰姑娘嘍？」

「這、這只是個比喻！」

「而我則是來接茉優的魔法師？」

楓一直在開玩笑，以致於茉優無法問下去，感到不知所措。

一會兒後，楓才露出微笑，讓靜止的時間重新轉動。

「我的確和她們聊了一下。」

「妳、妳說了什麼……？」

「我只說希望大家好好相處。」

楓直視茉優的眼睛，似乎真的沒有撒謊。

茉優的臉頰漸漸熱了起來。

「就只有這樣……？」

「對啊。」

楓的臉靠得很近。

「我知道大家其實都很善良。」

有如神蹟般的美貌，近在茉優眼前。

楓將手疊在茉優手上。

「啊……」

好軟。茉優感受到她的體溫、她的呼吸以及她的氣味，沉醉在其中。

「不過我或許付出了一點努力。因為我不希望妳辭掉工作。」

「意思是……」

「妳穿女僕裝的樣子好可愛，而且我好不容易才認識妳。」

楓的臉更靠近了。她的頭髮搔刮著茉優的臉。

「我、我當然……也一樣……」

茉優接連吐露出閃電般耀眼的話語。

「我第一次遇到像妳這樣的人。我這輩子，從來不曾和特別的人走得這麼近……」

不知為何，茉優覺得胸口緊緊的，讓她有點想哭。

楓在她耳邊輕輕嘆息。

「對我來說，妳才是特別的人。」

「咦………？」

那就像海妖為使人溺水發出的甜蜜呢喃。

一點一點地滲進茉優體內。

「因為我喜歡妳。」

聲音逐漸遠離。

楓面帶微笑，今日依舊美得令人讚嘆。

後來又有一名美少女比楓晚十天進到安布羅西亞。
朝川茉優的心緒就這麼被她們攪得一團混亂。

MARETSUMI

第三話

神枝楓與久利山家的妖女

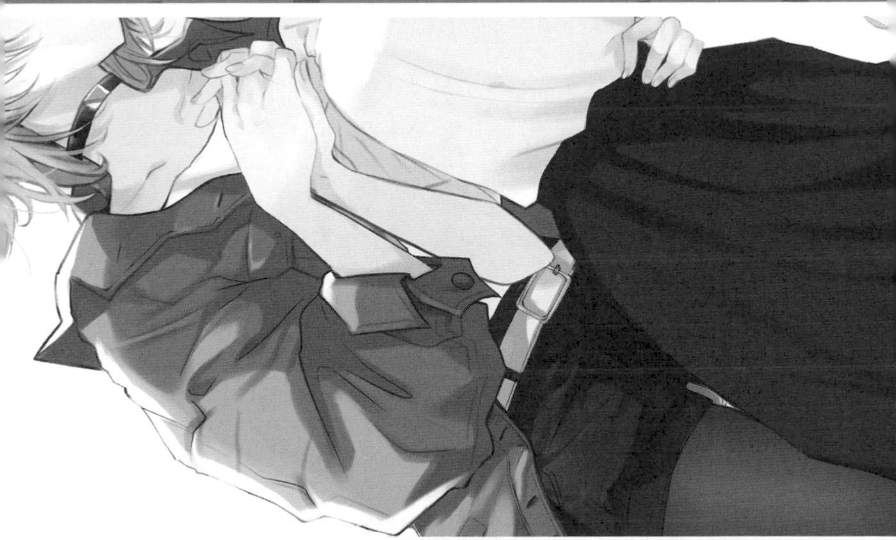

MARETSUMI

神枝楓有個煩惱。

是關於攻略朝川茉優的煩惱。

她按照原定計畫，順利潛入安布羅西亞。

在抓住茉優的心之前，楓得先攏絡纏著她的那三個人——五島真矢、西浦梨梨子與夏木彩香。

因此楓決定私下接觸那三人，撬開她們的心房。

蒐集來的資料派上了用場。這次比賽雖然規定關於朝川茉優的事不能借用幫派成員之力，但那三人不在此限。於是楓充分利用了那三人的個資。

她就這樣輕鬆攏絡了三名前輩。

楓並沒有威脅她們，只是和她們聊聊天、分享心情，稍微玩了一下而已。

最後楓體會到，無論對方是異性還是同性，獲取信賴的步驟都差不多。她所學過的幾乎所有方法用在女性身上也效果顯著。

如此一來，在攻略朝川茉優的道路上就沒有礙事者了。

事情本該一帆風順地進行下去……

「久等了，這是快樂彈跳蛋包飯和柳橙汁的套餐，主人。」

楓為一群男客人送上餐點，並且露出微笑。

「接下來讓我為您淋上番茄醬。」

她看了一眼桌上的請託字條，「啾噗」一聲打開番茄醬的蓋子。

主人可以將想請女僕寫的內容寫在字條上，女僕再照著將番茄醬淋在蛋包飯上。偶爾會有壞心的主人，要女僕寫「魑魅魍魎」之類複雜的字，還好今天的要求很普通。

「變好吃吧！變好吃吧！」

楓笑得像餵嬰兒喝奶的聖母，寫上「來自女僕的愛」。

「完成了，主人。」

男客人著迷地看著楓。

她再說了一次「主人？」，對方才回過神，紅著臉道謝。

楓接待的客人不論男女，有八成都會出現這種反應。剩下兩成則化為只會說「嗚哇～……天哪～……」的生物。

其他女僕提醒她，如果遇到纏人的客人，一定要立刻呼叫資深店員；還好楓遇到的客人都很善良。

店長說，說不定客人一見到楓，就連邪念都消失了。

客人逐漸變少，楓獲得了三十分鐘的休息時間。她走向休息室時，在內場與茉優擦身而過。

「啊，楓。」

茉優停下腳步，探頭望向楓。

「覺、覺得怎麼樣？有沒有遇到什麼困難？」

楓的確遇到了困難，但這個困難無法和茉優商量。

「目前沒問題。我覺得打工很開心。」

「那、那就好！」

實際上在女僕咖啡店工作，無論接待客人或與同事聊天都很開心。她在這裡可以被當作一般人對待。

能當個普通女孩，讓她覺得很輕鬆，肩頭上的重擔彷彿少了一半。

尤其是和茉優在一起時。楓當然沒有忘記她是目標對象——不過她們現在變得非常要好，可以無所顧慮地對話。

然而，這就是問題所在——

楓對茉優招了招手。

茉優毫無防備，頭上冒著「？」走到楓的身邊。

楓立刻將她抓住。

「摸摸。」

「啊……嗚嗚~……？」

楓溫柔地撫摸她的頭，她聳肩縮起身子。

她的頭髮摸起來就像新洋裝一樣滑順。

（好可愛。）

楓打從心底這麼想。

自從楓幫助茉優擺脫五島等人的霸凌後，茉優就百分之百信任她。她連在學校也隱藏真實身分，在這之前從未和幫派成員以外的人有過正常對話。因此毫無防備的茉優對她而言就像小孩子第一次獲得的布偶般深得她的心。

儘管她明白自己是以特務的身分潛入咖啡店，已經在努力克制，但還是覺得茉優實在太可愛。

若有個年紀比自己小很多的妹妹，想必就是這種感覺吧。

「咕嘰咕嘰。」

「咦，啊……妳、妳要做什麼~……」

楓移動指尖，開始搔茉優的下頷。

茉優癢得紅著臉扭動腰肢，但一點也沒反抗。

（照這樣看來…………）

不是楓自戀，她確實能感受到茉優對自己有好感。

正因如此，楓才會苦惱。

（她應該已經墜入愛河了吧……？）

楓不懂。

她不懂茉優的心。應該說，她不懂**女生和女生**是怎麼回事。

假如這是男女之間的互動。

雖然每個人的觀念不同，但能在這個距離有肌膚接觸，告白十之八九都會成功。

撫摸臉頰周圍，與觸碰手和肩膀所代表的意義完全不同。

話雖如此，換作在女女之間又是另外一回事。

有些女生不排斥在人前相擁，茉優可能就是這種人。

（我真的不懂……）

決定勝負的方法，是將茉優帶回自己家裡。

屆時必須向母親報告茉優是**自己的戀人**，並**取得茉優的同意**。

不過……

楓目不轉睛盯著茱優，茱優似乎覺得有些尷尬，於是不安地撥了撥頭髮。

她心想，這反應好像在哪裡見過。

（……我們幫派的成員也會這樣。）

簡直像幫派大小姐和幫派小嘍囉的關係。

這是「敬佩」，毫無疑問不是愛情。

怎樣才算擄獲她的心？所謂的愛情又是什麼？楓宛若走入死胡同中。

（女生和女生要怎麼確定關係？）

楓在意料之外的地方觸了礁。

「茱優，妳喜歡我嗎？」

「咦！」

楓乾脆直接這麼問，接著茱優滿臉通紅，表現得手足無措。

「喜、喜、喜、喜歡啊！」

（……我還是不懂。）

就算這句是茱優一生一次的真情告白，楓也無從確認她的心意。

楓打消念頭，然後嘆了口氣。

「妳是不是對任何人都這麼說？」

「咦？怎麼覺得妳好像在責備我？」

楓覺得自己真是愧為專家。

（不過……現況還不錯。）

這不是場競速活動，而是一場比賽。

換言之，楓有個對手。而且對方至今仍未現身。

茉優對楓的一舉一動都有反應，露出諂媚的笑。楓看著這樣的茉優，心裡想著另一個女生。

（抱歉，比賽結束了，火凜。）

久利山組現在參戰，也沒有發揮的餘地。

（正常情況下不可能逆轉局勢……）

就在這時——

後門被打開，陽光照了進來。

逆光中有一名少女慵懶現身。她揹著包包，像是忍著呵欠般拉長聲音說：「大家～早安～」

接著——

楓和她對眼那瞬間，彷彿有煙火炸裂開來。

她像是來迎接重要的人般笑逐顏開。

「楓～～～～～～～～♡」

那人以驚人的速度跑過來，摟住楓的脖子。

「嗚呃——」

楓發出不像美少女會發出的聲音。

對方若有心要害她，完全可以順勢將她的頸椎折斷。

她承受不住衝擊，兩人一同往後倒。

那個女生壓在她身上燦爛一笑。

「好久不見！楓，最近好嗎？」

「——火凜。」

久利山火凜。

面帶笑容的她眼神堅定，眼神中只映照出楓一人。

「妳在等我嗎，楓？」

火凜加深笑意。

楓伸手推開跨坐在自己腰上的火凜。

「才沒有。妳一直沒來，我還以為妳要放棄了。別說了，快讓開。」

「哈哈哈，好好笑喔。放棄不就輸了嗎？」

火凜比出V字手勢抵著自己的下頷露齒壞笑。

「從今天起我也要在這裡工作，請多關照嘍，楓。我們畢竟是兒時玩伴，讓我們再次變得要好吧。」

——再次變得要好。

楓在心裡嘆道自己從來沒和她變要好過，但還是別開視線說：

「……請多關照。」

一旁——

茉優眼見火凜跨坐在楓身上，顫抖著說道：「哇哇哇哇，美少女和美少女在一起，兩個都是美少女……………！」

「咦咦！原來楓和火凜從小就認識了嗎！」

休息時間，楓、火凜連同茉優三人一起圍著桌子而坐。

即使在稍嫌髒亂的休息室中，火凜仍美到讓人生氣，彷彿全場的主宰者。

若說楓是妖精，火凜就是小惡魔。雙方都美麗且惹人憐愛，但像兩幅風格迥異的宗教畫。

火凜的髮絲細到可以透光，使她看起來閃閃發亮；充滿好奇的眼眸水靈靈地轉動。整體印象有如被派來誘使人類墮落的惡魔，所有動作都帶有引人寵愛的妖豔感。

她全身的衣服以粉彩色系為主，有股狂妄的可愛，卻又時而散發出濃烈的性感風情。一碰到她，可不只燙傷而已。她熟知並善用自己這股神祕的魅力。

總而言之——這就是楓討厭的久利山火凜。

「對啊，楓從小就像洋娃娃一樣可愛。」

「是嗎！」

「……」

茱優雙眼發亮地聽著她們小時候的事，旁邊的楓則冷冷地別過頭。

火凜用手遮著嘴，像要試探楓似的笑了笑。

「怎麼？妳不喜歡我們聊這些嗎？」

「不會，聊什麼都好。」

「可是妳的態度明顯不太開心耶～？」

她真的很煩。楓很想立刻抓起她的頭髮往地板撞，這樣應該能消消氣。

不過出於衝動這麼做，可能得付出慘痛的代價。這麼做等於不尊重家人與幫派，不但會輸掉美人計競賽，也證明了自己一輩子都贏不了火凜。

因此楓沒有上火凜的當。

（反正茉優已經喜歡上我了，妳現在來也沒用。）

就算火凜會想方設法攪局，只要不在意就沒事了，就像電車上吵鬧的小孩一樣。

「我和楓從小就沒什麼朋友。我們的家長互相認識，所以常到對方家作客。大人說話時，小孩都會覺得很無聊嘛，於是我們就變成朋友了～」

「原來如此！這種感覺真棒！」

火凜似乎想引起茉優的興趣，繼續談論楓以前的事。

茉優想像的，一定是鄉下親戚間那種和樂融融的聚會。

神枝組和久利山組雖然也有和樂融融的聚會，實際上還是以劍拔弩張的談判居多。

不過火凜當然不會詳述這點。

火凜將手肘撐在桌上，懷念過去的時光。

「那時我們經常玩在一起，後來就慢慢疏遠了呢～正因為這樣，我一直覺得日子很無趣。唉，好寂寞喔～」

「對啊。」

火凜刻意說給楓聽；楓則背對著她撥弄頭髮。

沒必要認真理會火凜，只要不置可否地聽聽就好。

被夾在中間的茉優雙眼一直閃閃發亮，這可能是唯一值得安慰之處。

「不過，妳還特地和楓應徵一樣的打工，真的很喜歡楓呢！」

火凜露出一個滿分的禮貌性微笑。

「啊——妳發現啦？猜對了，我超喜歡楓的～」

火凜挽住楓的手臂。

楓感到背脊發麻。

「妳、妳幹嘛？」

「從今往後我想和她隨時隨地在一起！片刻都不分開！」

「哇～」

假如這畫面是一幅電影廣告，標題肯定是「兩大女明星的競演」。

看著兩個類型相反的美少女依偎在一起，茉優感動得拿出手機。

「我、我可以拍照嗎？」

火凜對一臉興奮的她比出ＯＫ手勢。

「要拍可愛一點喔！」

「不可能比本人還可愛啦。」

「楓，快笑啊，快笑。」

火凜將頭湊過來盯著楓。

楓像解除石化狀態般瞬間回神。

火凜用白皙手指捏起楓的臉想逼她微笑。

楓拍掉她的手。

「別這樣。」

楓反射性地做完動作，才意識到自己做了什麼。

茉優擔心地望著楓。

「楓……？」

她身為專家卻失態了。

「喂，楓～」

楓在感到沮喪前站起身來。

若火凜繼續刺激她的情緒，她不知道自己會做出什麼事。

「抱歉，我流了很多汗，不想被人碰……我去拿止汗劑。」

嘴巴自己動起來，說了個藉口。

心臟怦怦跳動。

楓逃到了更衣室。

她不停深呼吸，想讓心跳恢復平靜。

「為什麼會這樣……」

楓皺起端正的面容痛苦地說。

排斥反應變得比以前更強烈。

明明過了這麼久，雙方都已經十七歲了。

「……這樣會妨礙到任務……起碼要裝作不在意才行……」

她告訴自己。

「可能是我最近在茉優面前太過放鬆了吧……」

要將任務擺在第一位，不能搞錯順序。

門被打開，有人追了過來。

「朝川茉優比照片上更可愛呢。」

「……」

是火凜。

她的笑容沒有情緒，像個面具一樣。

「話說好久不見啊，楓。最近在幹嘛？已經不是處女了吧？」

下流的話語攪亂楓的心。

這就是她的手段。楓把心一橫，眼神看向火凜。

「這是我的第一份工作，妳也是吧？」

「是啊，我還冰清如玉，簡直是奇蹟。不過在家會被要求做很多家事。」

火凜聳了聳肩。

「話說回來，一陣子不見，妳變得相當傲慢呢～唉，小時候那個可愛的楓到哪兒去了？當時妳還會親暱地叫我『火凜、火凜♡』呢～」

「別擅自竄改記憶。當時我們也是見了面就吵架，妳的記憶未免太美好了。」

茉優不在，楓就能大方反擊。

「說到底，我從來都沒跟妳變要好過。我們一年頂多才見幾次面，而且只持續到小學時代吧？」

「是啊～誰教某人一直躲著我呢？」

「我只是不想理妳而已。」

明明被拒於千里之外，火凜卻瞇起眼睛，顯得比剛才還要開心。

難道她產生被虐傾向了嗎？要玩的話希望她自己一個人去玩。

「我們之後就是同事了，妳不能對我親切點嗎？妳笑起來比較可愛喔。」

「妳這麼說讓我心裡發寒，我不會再笑了。」

「不過，妳正經的表情和生氣的表情，都滿有魅力的。」

「………」

楓背靠著置物櫃，這時火凜也開始換上制服。

火凜比任何人都不適合擔任侍從，女僕裝穿在她身上卻合適到有點樸素的地步。彷彿助長了她的罪孽一般。

她拉起裙襬行了個屈膝禮。

「怎麼樣？很適合我吧？」

「這種話能自己說嗎？」

「因為我有自信啊。妳雖然也不錯，可惜贏不過我。」

鎖住記憶的抽屜開始晃動。

從以前就是這樣。每次見面，火凜總是一副高高在上的態度。

彷彿貓在玩玩具般。

有時還把楓整到哭出來。

楓很討厭和自己同年卻相當早熟的火凜，不知道怎麼跟她相處，後來連母親去他們家拜訪時，楓也沒跟著去了。

（真的很討厭……）

明明已經長大，卻像有人拿刀指著她說：「妳還是和當年一樣。」嫣然微笑的火凜，如今出落得亭亭玉立，即使在楓眼中也是如此。這些年楓為了擺脫火凜所做的努力，對火凜而言說不定只是龜步慢行。

即使如此——

楓還是不能夾著尾巴逃跑。

為了家人，為了幫派，為了——勝利。

該做個決斷。這也是為了軟弱的自己。

楓直視火凜。

「開什麼玩笑。」

楓將手放在胸口，沒有瞪她。

反而——露出微笑。

「**我比妳美多了**。」

火凜倒抽一口氣。

這是當然的。無論火凜再怎麼強，楓都沒必要否定自己的努力。是神枝家所有人將楓培育成現在的樣子。神枝楓是他們的心血結晶。見到楓自豪的模樣，火凜頭一次露出真心的笑容。

「嗯……不愧是楓。」

「……什麼？」

火凜將雙手背在背後，搖了搖頭。

「我的意思是，這場比賽越來越有趣了。妳沒鬥志的話我才覺得麻煩呢。」

「妳才是吧，比以前煩人一萬倍。」

「真好笑。妳很喜歡亂吠是吧，狗狗？要不要我重新調教妳一下？」

火凜伸手想摸楓的頭，楓拒絕了那隻手。

「妳搞錯對象了。我們要引誘的是茉優。」

「嗯～」

火凜晃動身體，指向楓的身後。

「啊～那是什麼？」

「嗯？」

楓扭著脖子轉頭。

就在這時——

火凜從正面抱住楓。

「妳、妳幹嘛？」

柔軟的四肢貼了上來。

楓全身起雞皮疙瘩。

「啊……真的好瘦、好軟。五官也無可挑剔，只要不說話，就是個完美女孩。」

「鬆手。」

楓原想粗魯地甩開她，但擔心弄髒制服，因此只好罷手。

「感覺我一用力，妳就會壞掉……吶，楓。告訴妳喔，我母親答應我，只要贏了這場比賽，就能幫我實現一個願望。」

「放開我。」

火凜伸出一隻手，在楓的胸前遊走。

楓知道她不是認真的，她這麼做只是想引起楓的不快。

「我的願望是得到妳。」

「——什麼意思？」

楓啞口無言。

「這點就算是久利山組也不可能辦到。」

「妳覺得辦不到？」

火凜將臉埋進楓的後頸。

楓啞著聲回道：

「當然。」

「嗯，騙妳的。」

「……啥？」

「我沒跟母親做過這個約定，贏了比賽就能實現願望也是假的。但妳真的覺得我們辦不到嗎？」

「辦不到，不可能辦到。」

楓堅定地搖頭。

「因為我即將脫離這個圈子，像個普通人一樣生活——」

因為——

「——」

火凜狠狠推開楓。

楓的背撞上置物櫃。雖然不痛，但那陣衝擊令她嚇了一跳。

「這次又想幹嘛……」

「妳在說什麼，楓？」

火凜眼中燃起憎惡之情。

「我們怎麼可能脫離幫派？別說這種任性的話。」

「可以。母親答應我了。」

「咦……」

楓從未見過這般表情變化。

火凜臉上喪失一切表情，愣愣地望著楓。

「為什麼？」

「……什麼為什麼？」

楓一時語塞。

「總、總而言之，我要當個普通人，結交朋友放學後一起出去玩，或是去打工……所以妳別妨礙我。」

火凜面容扭曲，看起來拚了命地想嘲笑楓。

「……妳想變普通？怎麼可能辦得到？離譜到我聽了就想笑。妳無論到哪裡都一定格格不入。」

「妳有什麼資格說我？」

「除了我之外，還有誰會告訴妳事實？你們幫派的人肯定只會不負責任地說些好聽的話。妳不可能變普通，絕對不可能！」

「我可以！」

兩人就像小孩子吵架般氣呼呼地爭論。

更衣室的門被打開。

「那、那個，我知道火凜在換衣服，本來不想進來的……但聽到裡頭發出很大的聲響，有點擔心……」

茉優小心翼翼地探頭進來。

楓和火凜似乎正揪著對方的領子，不過從茉優的角度看來，她們倆可能就像在擁抱一樣。

「咦、咦？」

「茉優，這是……」

「咦？那個，咦？大白天在更衣室裡就這麼大膽？」

茉優果然誤會了。她用手遮著嘴，同時滿臉通紅。

得向她解釋——楓著急地想。

火凜在楓開口前輕笑出聲。

「我們以女女互動作為賣點正在練習，妳覺得可行嗎？」

怎麼偏偏找了這樣一個藉口？

楓咬著牙推開她的手。

不過個性單純的茉優像隻有活力的蝦子般拚命點頭。

「我、我覺得超棒的！」

＊＊＊

楓第一次拜訪久利山家，是在小學低年級、一個下雪的早晨。

那是棟大宅邸，與神枝家不相上下。

她還記得自己在母親的催促下，恭敬地向大人們問好。

被家人以外的人稱讚長得很可愛，感覺還不錯。

不過打過一輪招呼後，楓就沒事做了。

這時，她看見一個與自己年紀相仿的女孩。

『妳好。』

楓向她搭話後，將頭髮往後紮起的女孩有點嚇到，接著也回了聲「妳好」。
女孩似乎有點怕生，和楓兩個人呆站了一會兒，既沒有靠近也沒有遠離。
『呃……妳是這個家的小孩嗎？』
『嗯，應該吧。啊，呃，沒錯。』
『這樣啊。那要一起玩嗎？』
『咦？可以嗎？』
『應該吧。』
楓模仿她的用詞，兩個人都笑了。
這是楓第一次交到年紀相仿的朋友。
女孩牽著她的手，隨即帶她到自己的房間。
楓覺得對方的態度有些強硬，但想想又覺得沒差。
『欸，妳玩過花牌嗎？』
『沒有。』
『那我教妳。』
她的笑容看起來很溫柔。
楓當時還天真地以為她們可以當好朋友。

然而過一陣子後，楓發現那個看似溫順的女孩其實很難纏。

女孩舉起小手中的牌丟向擺在坐墊上的牌。

『妳看，是花見酒！我贏了！』

『……差一張就能湊成三光了……』

楓照著女孩教的規則玩，卻屢戰屢敗。

最讓楓難以釋懷的，不是自己贏不了對方，而是每次想要的牌都會被對方搶走。

『花牌是種你爭我奪的遊戲。那個人說花牌就和現實一樣，楓也是長大了之後應該就會懂了吧。』

楓本來就不喜歡與人競爭、比賽。

她想玩非對戰型的遊戲。

然而，她看見女孩得意的笑容覺得很不甘心，忍不住再三喊道：『再來一局、再來一局。』

她想讓女孩認輸，一次也好。

『妳這麼想是妳的自由，反正下一局我一定會贏。』

『辦得到的話就試試看吧，呵呵。』

楓挑戰了無數次。

季節輪替、一年年過去，楓依然從來沒有贏過對方。

到了小學高年級，兩人的手腳開始變長，身體也發育得更像女人。

火凜的表情穩重成熟，看起來就像國中生，甚至像高中生一樣。從那時候就已美得讓人眼睛一亮。

她出席會議時，偶爾會做出足以迷倒眾多男人的舉動。楓這才明白，原來她也和自己一樣接受了特務的訓練。

『吶，楓。妳是不是覺得自己今天一定會贏過我？』

火凜像用舌頭玩味糖果般這麼說道。

『沒錯。』

她們一如往常在火凜的房間隔著坐墊對坐。

火凜盤腿而坐，手肘撐在腿上托著臉，冷冷地盯著楓。

楓看見她那白皙的長腿趕緊別開視線。

火凜用比平時更激烈的手段挑釁楓。

『那麼來打個賭吧。』

『……賭什麼？』

『贏家可以任意命令輸家做一件事。』

『什麼都行？』

『對，什麼都行。』

火凜豔麗的眼眸中浮現妖異的光芒。

『如何？』

『我……』

『妳今天不是一定會贏嗎？』

『……好，我賭。』

而後楓——

從那天起就再也沒去過久利山家。

楓想起許多被她駁倒的經驗。

（沒錯，我討厭她。我一直以來都討厭她。）

今天的打工結束，楓換好衣服後走出更衣室。

（她老是得意洋洋，喜歡欺負弱者……我這次絕對不會輸給她。）

楓平常很少對事物生氣、悲傷，或顯露出真實的一面。

因為她習慣隔一層紗，客觀地觀察自己和身邊的人。

她憑著與生俱來的容貌與血統，無論在家或在學校都能享有極高的權限，宛如現代的王室成員。

她在哪兒都能獲得特殊待遇，總是必須思考怎麼做才能帶給在場人們最大的利益。不知不覺間，她開始將顧慮周圍的人視為理所當然，封閉了個人的情感。

她將與這樣的日子告別。

楓將活出新的人生。為此，她要不留遺憾地奮戰。

（我太被火凜牽著鼻子走……這是我和茉優之間的事，要把重點放在茉優身上。）

楓若輸給火凜，整個神枝組都會變得不幸。

神枝組將永遠臣服於久利山組——換言之，楓也會繼續被火凜瞧不起。

楓不能讓那種女人害神枝組被冠上失敗者的汙名。

（我要說服茉優當我的戀人，帶她去見母親——）

她邁開腳步，想在回家前向茉優打聲招呼。

這時她聽見了說話聲。

「所以說……」

無論在哪裡，火凜的聲音都很響亮。

楓有種不祥的預感，於是她快步走去。

只見茉優被火凜按在出入口的牆邊，抬頭望著對方。
柔軟的臉頰泛著紅暈，大眼睛像作夢般陶醉。
「──**我們交往吧**。」
（咦──）
火凜明明注視著茉優，楓卻有種和火凜對到眼的感覺。
又要被搶走了嗎？
楓啞然愣在原地。
（我……）
但她隨即踏出一步。
（才不允許妳做這種事。）
她要讓火凜明白，自己已和當時不同。

MARETSUMI

第四話

♥

被百合逐漸夾擊的女子

MARETSUMI

yuri ni hasamareteru

onna tte, TSUMI desuka?

MARETSUMI

茉優愣住了。

她完全不明白火凜在說什麼。

不，聽是聽得懂，但不明白意思！

因此露出傻傻的表情。

「呃，那個……」

「啊，抱歉、抱歉，我說得太突然，害妳思緒混亂了對吧？」

火凜像貓一樣瞇眼微笑。

「茉優，妳相信一見鍾情嗎？」

「咦、咦咦？」

「妳給人的感覺，很像我以前養的狗。」

「狗、狗嗎？」

茉優完全跟不上她話題的速度。

「跟妳在一起就會感到很平靜，或者應該說胸口暖暖的很幸福。啊——總之我很喜歡這種感覺。」

火凜勾起嘴角，用熱切的眼神盯著茉優。

「這、這是……呃，什麼意思……？」

火凜得意地繼續靠過來。

「是告白。」

「告……告白……」

這是茉優人生第一場告白。

她腦中閃過國中時朋友紅著臉來找她商量「我想跟○○同學告白」的畫面。

當時茉優表現得像戀愛達人般給對方建議。

從那之後過了大約十年，茉優的經驗值才終於追上那位朋友。

火凜用飽含暗示的聲音誘惑著茉優。

「我認為我們的相遇是命運。」

「不，怎、怎麼可能？」

這時火凜退開了些。

她用手遮著嘴，害羞地別開視線。

「我剛開始打工就向妳告白，妳可能會覺得我很飢渴，但這是誤會……我第一次有這種感覺。」

簡單的話術就讓茉優像隻咬餌的魚一樣被釣了起來。

「是、是、是這樣嗎？」

「嗯，所以……」

火凜將臉湊過來，近到連鼻尖都快碰在一起。

「我不想把茉優讓給任何人。與其說是交往……吶，成為我的人吧，茉優。」

就連看習慣楓的茉優，也覺得火凜美得令人震懾。

兩人沒有優劣之分，只是類型不同而已。

正因類型不同，兩者都深深抓住茉優的心。

「啊哇、啊哇啊哇哇……」

茉優遲了一些才終於理解狀況，同時感受到有如被砂石車撞飛般的衝擊。

假如她心中有一絲懷疑，應該知道火凜不可能跟自己告白，進而拒絕火凜的要求。

然而茉優實在太過單純。

「不敢相信，怎麼辦，好開心喔……！」

就連火凜見到她這反應也差點露出錯愕的表情，但茉優毫不在意地用手包住臉頰。

「我吃了這麼多苦，終於遇到好事了！」

「……妳身邊的人是不是常說，妳感覺很容易被強迫推銷？」

「咦？妳怎麼連這個都知道？我們果然是命中注定嗎？」

「妳認為是就是吧。」

火凜原本敷衍地點頭，隨即改為認真的態度。

她牽起如在夢中的茉優的手，將對方拉回現實。

「所以，妳答應跟我交往了對吧？」

茉優彷彿聽見婚禮鐘聲。

沒想到她不僅能和楓當朋友，連火凜這樣的女孩也向她告白。

現在這瞬間就是她人生的巔峰絕對沒錯。

真想一不做二不休，直接拿出結婚證書給火凜簽名，可惜身上沒有。她恨自己準備不足！

「當、當然──」

茉優正準備點頭。

「等一下。」

另一名美少女闖了進來。

那個人正是楓。

「啊，噫，楓……？」

明明沒做什麼虧心事，茉優卻莫名慌張起來。

因為楓的表情看起來莫名恐怖。

「呃，那個，事情不是妳想的那樣！」

這時火凜插嘴說：

「那妳就向她說明一下究竟是怎麼回事吧，茉優。」

「嗚噫！」

火凜用指尖搔了搔茉優的胸口，茉優顫抖起來。

那眼神像是在說：「我不准妳給楓好臉色看。」

（難道說這是……！）

如果選擇了火凜，就不能跟楓當好朋友了嗎？

（為什麼要逼我做這麼殘酷的選擇呢，火凜！這就是所謂的獨占慾嗎！）

茉優一下子就被逼到絕境，宛如四周的地面全都崩落一般。

然而，緊迫的情況還不只如此。

「茉優，我也有話要跟妳說。」

「咦～楓，妳沒看到我們在談事情嗎？能不能晚點再來？」

「我又不是在跟妳說話。茉優，是很重要的事。」

楓氣勢洶洶地逼近，茉優的腦細胞已然沸騰。

她什麼都沒辦法思考，只能下意識點頭。

「什、什麼事呢？楓……」

「咦咦？」

「對、對不起，火凜！可是，那個！楓對我來說也是很重要的人，所以、所以！」

茉優泫然欲泣地辯解，火凜雖感不耐仍安靜下來。

這完全是建立在恐怖平衡上的狀況。

楓拉起茉優的手。

「嗚哇！」

茉優第一次見到楓這麼強硬，因而慌張起來。

不對，她本來就不冷靜了。

自從火凜向她搭話後，她腦子一直處於過熱狀態。

「噫，楓……？」

楓吐出炙熱的氣息。

她專注地望著茉優的眼睛說：

「不能答應她，茉優。畢竟是我先喜歡上妳的。」

「什麼——？」

茉優眼前發白。

她懷疑自己瘋了。

或者可能中了催眠術，將所有話語聽成對自己有利的意思。

「茉優，我們感情一直很好對吧？我相信我們一定很合得來。」

「是、是嗎……可是，咦……咦咦……？」

茉優已經說不出任何有意義的話語。

她變成了受兩名女孩擺布的小青鱂魚。

「騙人騙人騙人……為、為什麼……？」

「我還想和茉優變得更親近，想永遠在一起，所以……」

楓輕撫茉優的臉。

她摸過的地方像有電流通過般熱辣。

「——和我交往吧，茉優。」

難以置信。不只火凜，連楓也向她告白了。

現在這瞬間就是她人生的巔峰！

「嗚、嗚啊……」

茉優紅著臉點頭。

楓將茉優的小手拉至胸前。

接著在她手背落下一吻。

彷彿有人按下炸彈按鈕，她的腦子完全熟透。

「我們一起變幸福吧。」

她很想向全世界大聲宣布：「朝川茉優會幸福的！」

不過，火凜並未袖手旁觀。

「楓，妳怎麼可以打斷人家告白，自己湊過來告白？這樣太過分了吧？」

「誰規定的？」

「普通人都知道不行吧？啊，妳不知道啊？」

茉優彷彿聽見空間裂開的啪嘰聲。

楓怒目圓睜。

「是我先認識並喜歡上她的。」

「妳不行動有什麼意義？」

「我這不是行動了嗎？」

茉優被劍拔弩張的美少女們夾在中間會怎麼辦？

「哈哇………」

她像喝得爛醉般，眼神在兩人之間來回游移。

美少女的魅力比酒精還濃烈，使她醺醺然。

看她的表情就知道，現在不管怎麼強力說服她，她都已經失去判斷能力。

即使被警方調查，也會因為提供證詞的能力不足而被釋放。

然而，神枝家和久利山家的兩位大小姐並沒有放過她。

「不然問她本人吧？」

「好啊。」

「吶，茉優。」

火凜以亮麗的聲音逼問茉優：

「妳願意跟我交往對吧？」

茉優像狗狗撲上去舔主人的手一般點點頭。

「我、我很樂意……」

「等一下。」

楓用力拉了一下茉優的手。

強行讓她面向自己。

「我剛剛問妳要不要跟我交往，妳不是說『好』嗎？」

「當、當然好……」

「咦？」

火凜再問了一次。

「茉優，妳反悔了嗎？妳不是選了我嗎？」

「茉優，我不喜歡妳這麼不乾脆。」

茉優覺得自己快被名為幸福的魔物掐斷脖子而死。

不過，假如她在此將剩下的運氣用光，被突如其來的落雷劈死，她或許仍能斷言這是美好的一生。

儘管頭昏眼花，茉優仍擠出最後一絲理性說：

「時、時間！請給我一點時間！」

這只是個暫時應急的手段。

俗話說，人被逼急了就能發揮真正的實力。

然而茉優真正的實力和小學生沒兩樣。

或許正因為她沒辦法在這種時候果斷地回答自己喜歡哪一方，人生才會經歷那麼多失敗。

「哦？這樣啊？」

「居然需要時間。」

火凜和楓站在她兩側，不悅地瞇起眼睛。

兩人的氣場發生變化。

宛如露出隱藏的惡魔翅膀與尾巴。

這讓茉優覺得自己快被吃掉了。

不過——

「好吧。沒辦法，就給妳一點時間吧。」

「嗯，下次妳一定要選出自己喜歡誰。」

呼……？她們放過我了……？茉優害怕地心想。

實際上，火凜和楓也需要準備時間。

在茉優搖擺不定的情況下硬要她選一個，勝者也無法驕傲地說自己贏得了真正的勝利。她們倆都想將對方擊潰到體無完膚。

三人的想法在這點上達成共識。

想要一決勝負的楓與火凜，以及不知道拖越久只會讓痛苦時間延長的愚蠢茉優。

「先聲明，茉優是我的。」

「噫……」

火凜對著茉優的耳朵吹氣。

楓站在另一側。

「茉優一定會和我一起變幸福的，對吧？」

「呼啊……」

茉優有如被魅魔吸走精氣般癱坐在地。

楓和火凜俯視著茉優。披著漂亮外皮的美少女們心中早有盤算。

要怎麼贏，以及要怎麼讓對方認輸。

如今她們眼中雖然隔著茉優，但只映出彼此。

「我不會輸的，火凜。」

「我會一如往常地把妳想要的東西搶走，楓。」

說是「戀愛風暴」還稍嫌可愛的超大型颱風，即將吞沒安布羅西亞。

＊＊＊

茉優心不在焉地工作。

她在內場將一副副刀叉包在一起，發出叮叮噹噹的聲響。

這天楓和火凜都休息，茉優一臉死氣沉沉，然而工作效率比平常好一倍以上。

她雙眼無神，雙手卻像另一個人般忙個不停。同事們窺視著她，覺得她的樣子有點詭異。

「她怎麼了……？」

「不知道……不過工作都有確實完成，我也不好責備她……」

五島和店長遠遠地觀察茉優，她依然呆愣地半張著嘴。

（楓、火凜……楓、火凜……）

她滿腦子都是前幾天那令人震驚的告白。

就算找人商量，應該也會被一笑置之。怎麼能說：「有兩個人同時說喜歡我耶！」

她們倆逼茉優做決定。

也就是決定要和哪一方交往。

她先回歸基本問題，和自己的內心對話。

（吶，茉優……妳比較喜歡楓還是火凜？）

她的內心封閉得太久，已經分裂成好幾個小茉優。

掌管慾望的茉優發出哀號。

（咦，老實說雙方我都超喜歡……）

戴著眼鏡、掌管道德的茉優舉起手。

（這樣不行！太不檢點了！）

對任何事都愛潑冷水的理性茉優愜意地伸長腿坐著。

（重點是，她們倆都是女生耶？我喜歡女生嗎？）

全員同時嚇了一跳。

新議題誕生，浮在空中的巨大白板出現「我喜歡女生嗎？」等文字。

道德茉優（道優）推了一下眼鏡後發言：

（怎麼可能！女生應該要跟男生談戀愛！就算被那種絕、絕世美女告白也不行！）

慾望茉優（慾優）擦著口水低語：

（不，老實說只要喜歡我，任何人我都能接受……她們在「任何人」之中已經是最頂級的，我沒有任何不滿……）

真實的茉優點點頭。

（沒錯……）

（什麼沒錯！）

理性茉優（理優）狠狠吐槽。

（不過，說老實話，我也覺得她們會是最棒的戀人。到頭來，是男是女已經不太重要了。）

本該是最後把關的理性輕易給出許可，那麼茉優就沒必要遲疑了。

不過接下來還有很多問題。

（那要選誰？）

理優問完，慾優活力十足地回答：

（都選！）

（說什麼傻話！）

道優拍了一下桌子。

（只能選一個！就道德上來說，應該選先認識的楓！）

（妳剛剛不是說女生和女生不能在一起嗎？）

理優語帶嘲諷地說完，道優滿臉通紅。

（這、這是兩回事……）

別再自己跟自己鬥嘴了，這樣根本已經瘋了。

（不過就順序上來說，是火凜先告白的。）

（可以同時和兩個人交往啊！不會被發現的！就算被發現，只要下跪道歉就能獲得原諒！）

沒人理會慾優這番話。

眾多茉優全都盯著茉優本人。

先前不發一語、掌管判斷的茉優（判優）帶著溫柔的笑容發問：

（茉優真正的心意如何？這和誰先誰後無關。最重要的，是妳的心不是嗎？）

（我……）

茉優苦惱地抱起頭。

她最不明白的就是自己的心。

（我還不太了解楓和火凜……這樣要我怎麼做決定……）

好不容易擠出的答案，獲得了周圍茉優們的認同。

（雖然軟弱，但不失為一個理性的答案。）

（就道德上來說，確實應該先了解她們的為人。）

這時，慾優笑容滿面地舉起手。

（不如先和她們倆睡睡看吧！人家不都說身體契合度很重要嗎？別擔心、別擔心，就只是測試一下，好嗎？）

左右側的茉優們紛紛揍她的頭。

那陣衝擊讓真實的茉優回過神來。

眼前的餐具組堆得像小山一樣高。

而其他店員不知為何在她周圍害怕地偷看她。

茉優連忙揮揮手。

「啊，對不起，我不小心發了一下呆……呃，怎麼了？有什麼工作要做嗎？」

「總之……現在是休息時間，去讓腦子休息一下吧。」

「啊，好、好的！」

五島有些傻眼地說完，茉優向她低頭道謝，然後走向休息室。

茉優腳步輕快。

她得出暫時的結論：自己應該多了解楓和火凜一點。

楓很溫柔，火凜有點壞心眼。不過，她們倆都很喜歡茉優。

這如夢似幻的狀況使她心情雀躍。

俗話說人生有三次桃花期，但茉優以前一直覺得這不會發生在倒楣的自己身上。

不過，這不是來了嗎……而且是超大型的桃花期！

「啊……好幸福……無論跟哪一方交往，一定都會超級幸福……」

然而當她從置物櫃拿出智慧型手機查看時……

「咦……什麼？」

老朋友久違地聯絡她。

（有什麼事嗎……？）

是她當偶像時的團員。

茉優引退——她雖然沒宣布引退，但已中止活動，實際上已經算引退——之後，和大部分的人都斷了聯繫。

唉，這樣也很正常啦……茉優看淡了這種人際關係的變化，但不知團員現在找她要做什麼？

她們聊了一會兒，決定在茉優今天下班後聚餐。茉優趴倒在休息室的桌上。

嗯……嗯……

「我怎麼又有一點不祥的預感……」

難道被楓和火凜告白完，運勢又要反轉了嗎？

假如真是如此，那麼等待她的將不會只是「一點」，而是很大的災難——她不禁這麼想。

＊＊＊

「結果啊……」

「咦，真的假的？」

儘管茉優聽著她們尖銳刺耳的笑聲很想皺眉，仍不斷陪笑。

「哈哈哈……」

她下班後被叫到一間有些高級的餐廳。

自從進到店內深處的包廂後，她就一直蜷縮著身體。

「話說茉優完全沒變，我好驚訝～」

「我也是、我也是。妳跟以前一樣呢，茉優。」

「哈哈哈……是、是嗎……？」

這兩人是茉優以前所屬偶像團體的團員。

她們是出道時間比茉優晚的後輩，但如今已是偶爾會上電視的人氣偶像。

既絢麗又亮眼。

雙方居住的世界已然不同，老實說茉優見到她們有點緊張。

兩個光鮮亮麗的女孩一起找她來究竟有什麼事？

（不，從一開始就懷疑人家，好像不太好！）

可能是單純想見面才約她的吧，一定是這樣！

「茉優現在在幹嘛？」

來了！茉優鼓起勇氣開口。

「我現在在女——」

「對了，我準備要發第一張單曲了～」

她剛要說話就被打斷。

「咦，真的嗎？恭喜！」

另一個女孩小聲拍拍手。

茉優和她們組團才短短半年，忽然想起她們倆都不太愛聽別人說話。

「很厲害吧？發售當天還會辦簽名會喔。啊，茉優，妳會來對吧？」

「啊，會，那個，我會。」

她尷尬地點頭。

那女孩背後肯定有巨額的金錢流動。

無論是笑容、談吐還是歌聲，都讓金主認為值得出錢投資。她能從中獲得多大的認同感啊！

茉優忍不住開始想像，趕緊關掉內心的開關。

「而我現在在女僕——」

「那我也報告一下，我之後會去國外取景拍寫真集喔～」

茉優發出的聲音硬生生被截斷。

怎麼辦，開始胃痛了。

「好、好厲害喔！」

只好和她們一起拍手。

她竟然得在這之後說：「我在女僕咖啡店工作，指名率在店內排名第六！」

兩人綻放出特別的光芒，令她快要瘋掉。

茉優原本也有可能成為她們的一員。

然而，然而……

待在玻璃對面世界的她們結束話題，一同望向茉優。

這時茉優才驚覺一件事。

她明白這兩個人為什麼會找她出來了。

理優向茉優本人低語。

（她們會不會其實已經知道我在女僕咖啡店工作了？）

這是被害妄想嗎？

但是，她覺得真的有可能。

（她們是想問我「不當偶像後在女僕咖啡店工作是什麼心情？」，藉此紓解自己的壓力……？）

兩名後輩眼中浮現好奇的色彩。

「咦～別搞神祕了，茉優。啊，對了，不然我們來猜猜看吧？」

「嗯，妳是不是在當寫真女星？畢竟妳身材很好。」

「還是雜誌模特兒？」

「歌手！」

「不可能是歌手吧。」

兩人噗哧笑了出來。

唉……完全成了笑柄。

茉優沮喪至極。

「那個，我現在在女僕咖啡店工作～……」

她們出名走紅後，想必遇到很多問題，承受許多壓力吧。

就算這樣，也不能靠貶低別人來洩憤。

茉優一方面這麼想，另一方面仍懷抱希望，認為只要好好溝通，就能互相理解。

畢竟她們以前曾經同屬一個團體，一起追逐夢想。

「可是，我每天都很快樂。在接待客人方面，看著常客一點一點變多真的很開心。而在料理方面，我們店裡的菜都是自己在廚房做的。我現在很會做蛋包飯喔。」

茉優一字一句地認真說。

兩人沉默了一會兒。

然後不約而同低語。

「什麼女僕咖啡。」

還呵呵偷笑。

果然說了也沒用。茉優感到越發憂鬱。

再待下去也沒意義，還是趕緊吃完嘗不出味道的義人利菜，早點離開吧。

「那個……」

其中一人探出身子。

「其實我有件事想和妳商量。」

「和我商量……？」

「對對對，就是要找妳。」

貶低完人家後還有什麼好商量的？但那內容完全出乎茉優意料之外。

「我們姑且還是偶像，所以不是不能談戀愛嗎？可是有個大牌製作人叫我們介紹女生給他，害我們好苦惱。」

「這時我腦中就浮現茉優的臉。妳已經不當偶像了吧？那妳要不要去和他見一面？可以賺很多錢喔。」

「咦……？」

茉優聽得目瞪口呆，道優在內心大喊：

（他應該是想找包養對象吧！）

和男人見面就能賺錢，絕對有鬼……

冷汗沿著背脊滑落。

「呃，那個，我……」

「很不錯吧？這樣妳就不用再打工了。」

「不如我直接叫那個人過來吧？茉優，妳搞不好能重回演藝圈呢。」

「等、等一下。」

喉嚨很乾。

這股緊張感和剛才完全不同，使她眼前逐漸發黑。

「這是什麼意思……這、這樣我很困擾！」

她不小心弄翻水杯。

水沿著桌巾滴在兩名女孩的衣服上。

「哇，妳在幹嘛啊！」

「真是的，妳要賠我們。要是賠不出來，妳就得乖乖去那個大叔家。」

這時有人來到她們桌旁。

那個人身材高大。

剛好停在茉優身後。

「噫！」

「咦，已經來啦？還真快——」

女孩說到一半，忽然倒抽一口氣。

那是個穿著西裝、理著光頭的壯碩男人。他戴著墨鏡，很明顯就不是普通市民。

男人身後站著同樣戴著墨鏡、身穿套裝的年輕女子，俯視著桌旁的三人。

（嗚噫！）

茉優整個人僵住。

相對於說不出話的茉優，兩名偶像則大膽地出言挑釁。

「怎、怎麼了？找我們有什麼事……？」

「我、我要叫人過來嘍！」

西裝男女不發一語地讓出一條路。

少女們在慌亂中看到一個身影發出喀喀腳步聲走過來。

「這都要怪妳們說些見不得人的事。」

那是個鋒芒畢露的美少女。

她可不是普通的美。她美得就像在雪山臨死前會看見的幻影。

「咦，她是誰……」

兩名偶像被她散發出的氣場嚇到。

「楓、楓！」

然而聽見茉優反射性地喊出她的名字後，兩人反而鬆了口氣。

「怎、怎麼，茉優妳認識她啊？咦……她、她也是偶像嗎？可是我沒見過她……」

「啊，不如把她一起帶去製作人那邊……」

女孩說到一半，楓便將腳伸向她坐的椅子，踩在她兩腿之間。

楓傾身向前，從正面瞪著她。

「竟敢對別人的女人出手，妳們做好覺悟了嗎？」

「噫……」

女孩努力想用雙手壓住被掀起的裙襬。

另一個女孩儘管害怕，仍開口問道：

「別、別人的女人……？」

「非得要我說那麼清楚嗎？」

楓拉起坐著的茉優，摟住她的肩。

「我和茉優正在交往。」

「「什麼——？」」

兩個女孩突然語塞。

「騙人，怎麼會，咦咦咦？」

「妳和茉優……咦？為什麼……」

少女們——不過她們的年紀比楓大——發出騷動。

「簡直莫名其妙！妳們兩個都是女的耶！」

「可以跟美少女交往……好好喔……」

「咦？」

「啥？」

兩人面面相覷。楓決定不再理會她們。

桌邊的黑衣男女像要給出致命一擊似的出聲威嚇。

「妳們今後要是敢再靠近大小姐，我可不知道會發生什麼事。」

「雙方都別再往來，這才是聰明的生存之道。」

黑衣人拍了拍她們的肩膀，扔下愣住的她們揚長而去。

楓摟著茉優的腰護送她出去，茉優滿臉通紅。

「呃，那個！楓！」

「怎麼了？」

「那、那些人是誰？是、是妳的部下嗎？」

「不，只是一起來的朋友。」

茉優頭上冒出一堆問號。

「你、你們怎麼會在這裡……？」

「碰巧經過而已。」

楓緩和緊張的氣氛。

「結果看到妳好像很困擾，我就請朋友幫忙。給妳添麻煩了嗎？」

「當、當然不會……我很感謝你們，可是……」

茉優對「碰巧」這個詞有點懷疑，但對方畢竟幫了她，她就不打算深究了。

她甚至還心想：「沒想到能偶然遇見楓，還被她拯救……！」覺得很感動。

茉優的單純讓楓暗自鬆了口氣，不過這暫且不提。

她們走出店門時，和疑似那名製作人的男性擦身而過。他毫不起眼，就是個隨處可見的中年男性。

他停下腳步，望著楓露出驚訝的表情。

「咦……？神、神枝組的……？」

「……」

楓只瞥了他一眼，他立刻像凍結般動彈不得。

楓帶著茉優離去並喃喃自語：

「他已經看見我和茉優走在一起。看樣子，應該不敢再對茉優出手了。」

楓惡作劇般呵呵笑了起來，秋風吹拂她的頭髮。

天色已然昏暗下來，兩人混入流向車站的人潮中。

茉優無法思考，不知該說些什麼。

「妳剛剛說……我們在交、交往……」

「嗯，我認為在當時的情況下應該這麼說。」

「呃，對啊，那個，妳說得沒錯！我才沒有失望，完全沒有。不對，我到底在說些什麼……」

楓的行動實在太帥，讓茉優說不出話。

在茉優遇到危機時趕到並拯救她，簡直就是英雄。

茉優心中的眾多小茉優全都眼冒愛心。

「那、那個，我的腰……」

「喔，抱歉。」

楓在大街上依然摟著她的腰，聞言才鬆手。

茉優有些依依不捨，意識到這點後臉變得更熱。

楓的「朋友」沒有追過來，只剩茉優和楓兩個人。

就快走到車站了。這樣下去，茉優可能得一個人回家。

慫優堅決主張：（邀她回家！現在就邀她回家！）茉優對於內心的聲音無法贊成也無法反對，只能不停往前走。

這時楓開口問：

「不過妳應該很害怕吧？」

「呃，不會……只是嚇了一跳。她們以前不是那種人……我覺得背後應該有一些理由吧。」

「妳太善良了，還幫她們說話。」

「啊，沒有啦……人們常說演藝圈很恐怖，不過事實上有恐怖的人，也有善良的人，到哪兒都是這樣……我才覺得妳是個大好人！」

然而楓卻篤定地搖頭。

「我不是什麼好人，我也做過很多壞事。這次是因為妳有難我才幫忙，若是別人遇到同樣的狀況，我應該不會出面。」

「咦？是……是這樣嗎？」

「嗯……啊，承認自己是好人，是不是比較能贏得妳的好感？我錯了。」

楓有些難為情地笑了笑。

那副笑容怎麼看都不像壞人。

「既然都走到這裡了，我就送妳回家吧。」

「咦！」

茉優望著楓動彈不得。

她心中的慾優握拳擺出勝利姿勢。

「我、我家又小又亂，希望妳不會介意……」

「打擾了。」

楓輕聲笑了笑，然後踏入茉優家門。

茉優仍不敢相信楓會出現在自己家裡。

事情為什麼會變成這樣？

楓特地送她回家，她覺得在家門前將楓趕走很不禮貌。

而且她也想報答楓解救自己的恩情……

報答？用什麼報答？

（一般都會用自己的身體回報對方吧？）

慾優突然冒出來低語，茉優沒有受她迷惑，拚命搖頭。

（太丟人現眼了！）

居然想在楓面前展露自己的身體。

可是，楓喜歡我吧……

不不不不，不對、不對。

茉優腦內的小茉優們全都陷入慌亂，無法正常運作。

她連剛才打工時沒見到楓和火凜都會恍神了。

見到本人根本不可能保持正常。

茉優住的公寓位於車站附近。她從偶像時代租到現在，兩房一廳，安全性還不錯。

她先請楓進到客廳，拿家裡最好的坐墊給對方坐，接著進到廚房準備茶水。

可是，她沒有招待過客人，只好拿出自己的舊馬克杯與備用馬克杯泡兩杯咖啡。

「那個，妳要加糖和牛奶嗎？」

「抱歉，我不喝咖啡，不用準備我的。」

「咦？這、這樣啊。怎麼辦……」

最後茉優只好將兩杯咖啡都放在自己面前。大失策，好沮喪。

楓好奇地東張西望。

「茉優，妳一個人住在這裡嗎？」

「對、對啊。我十八歲就離家，住在這裡已經第五、第六年了吧。」

「哦，這樣啊……我第一次到這樣的屋子作客。」

「咦？第一次嗎？」

楓神采飛揚，好像很開心。

茉優不禁覺得楓這樣很可愛。

「其實我在學校幾乎沒有朋友。」

「咦咦咦？」

「為了不被孤立，我還是會跟幾個人講話就是了。很意外嗎？」

「很、很意外。我還以為全校都喜歡妳，把妳當公主對待。」

這時茉優才稍微冷靜下來。

「咦？」

「楓……呃，妳是怎樣的人？」

「總覺得妳散發出閃亮亮的氣質，又和那些魁梧的大哥大姊當朋友……感覺就不是普通人……」

「那麼，茉優希望我是怎樣的人？」

楓眨了眨單眼，詢問緊張的茉優。

「妳希望我是個普通人，還是其實具有特殊身分呢？」

「咦咦……？」

茉優儘管有些苦惱，仍怯怯地回答：

「我、我自己是覺得普通人比較好相處……」

楓依然保持微笑。

但那微笑不知為何看起來有些哀傷。

「啊，我沒有批評的意思！」

茉優趕緊補充，這次楓終於露出真心的笑容。

「嗯，沒錯。我只是個超級喜歡茉優的普通人。」

「呃，那個……」

一回神，楓已經坐到茉優身旁。

「我、我不是說這個……」

「妳想要更了解我對吧？」

「是沒錯，但不是這個意思……」

楓輕觸茉優的手。

茉優嚇得顫抖一下。

「好啊，妳跟我交往，我就告訴妳。」

「這這這、這個嘛……」

理優喊著「順序錯了」、「要先了解對方再交往」，這些話都被茉優當作耳邊風。

她和楓在自家獨處。

夜深了，四周一片寂靜。

「吶，茉優。」

「嗚、嗚噫！」

楓用溫柔而甜蜜的嗓音呢喃。

「妳覺得我們交往後，會過著怎樣的生活？」

「肯、肯定很開心……」

「想像一下嘛，想得具體一點。」

楓吐出的氣息縈繞在她耳邊。

她不自覺地吁吁喘氣。

「我每天早上都會打電話叫妳起床，跟妳說『早安』。」

「嗚、嗚嗯。」

「放假時我可以跟妳要鑰匙，直接來叫妳。如果妳賴床了，我就在廚房做早餐給妳吃。我很會煎法式吐司喔。」

「噫、噫……」

茉優縮著腰想逃跑，楓伸手環住她的背。

她宛如被關在一個蠶絲做的搖籃中。

「我們一邊聊著昨天發生的事，一邊吃早餐。接著一起洗碗，做完事情後就像這樣放鬆一下。妳覺得我們會怎麼放鬆？」

「不、不知道……」

楓盯著她的眼睛。

彷彿能看穿她心中——所有小茉優。

「我們是戀人喔，這樣妳都不明白嗎？」

茉優吞了吞口水。

「玩疊疊樂或黑白棋之類的吧……？」

「如果妳想玩的話，也不是不行。」

楓發出「啾」的一聲親吻茉優的耳垂。

茉優的背彈動一下。

「噫噫噫啊……」

「妳要做什麼都可以，我可以為妳實現真正的心願。」

茉優縮著脖子，肩膀顫抖。

楓輕觸她變熱的身體。

「那個，我、我……」

「茉優，妳好可愛。」

楓打從心底說出的話語，化作水滴溫柔地撫摸茉優。

「噫嗚嗚嗚……」

「茉優。」

楓緩緩將茉優推倒。

像是不想傷到她一般，小心地將手環上她的背。

茉優抬頭，在楓眼中看見星空。

「噫，楓嗯……」

她不自覺地發出撒嬌般的聲音。

或許她的心已基於本能屈服於楓。

換句話說，她的身體也做好了接受楓的準備。

（不不不，不不不不不，不不不不不不不。）

她腦中被「不不不」占滿，就像一面高速流動的跑馬燈。

「不、不能這麼做……」

楓沒有問茉優為什麼，也沒有給她選擇的餘地。

「當然可以。」

茉優輕輕推開楓的肩膀，楓拉住她的手，和她十指緊扣。

「畢竟我們都要交往了。」

楓就這樣緩慢地——

朝茉優落下一吻。

甜蜜觸感在兩人之間流動。
背脊彷彿有電流通過。
茉優第一次有這種感覺。
她淚眼汪汪，而楓——
——則用手背按住雙唇，猛地起身。
她的臉上泛著紅暈。
「楓……？」
「呃，沒事。」
「……要、要記得我喔。」
楓的眼神搖曳。
楓站起身來，快步離開茉優家。
留下一臉像是在作夢的茉優。

「怎、怎麼可能忘記……」

茉優在只剩自己的家中疲累低語。

她身上還留著楓的溫度。

心臟跳得飛快，都快抓狂了。

雖然兩人都是女生。

但這是茉優的初吻。

「啊啊啊啊——嗚嗚——」

接著有好一段時間，茉優都扭著身子滾來滾去。

間話① 神枝楓的失算

菫將車開到茉優家附近迎接楓。

「大小姐，辛苦了。我們做得很徹底，也和製作人的上級談妥了，對方應該不會再找朝川小姐麻煩了。您那邊進行得如何？」

楓默默經過她身邊，打開後座的門。

菫一臉疑惑。

「大小姐？」

「嗯……沒問題。」

「呃……」

菫似乎想說些什麼，最後仍決定不要過問。她坐進駕駛座，將車開上路。

車內氣氛沉重。

楓依然不發一語，望著車窗外的夜景。

她的心情起伏不定。

（……明明只差一步。）

今天本來一切都很順利。

楓跟蹤茉優，適時在她遇到危機時出現，還進到她家裡。

接著只要用身體擄獲對方，讓生米煮成熟飯就行了。

楓已經做好覺悟哪天可能會和異性目標做這種事，所以她覺得沒什麼大不了的。

如此一來，神枝組就贏了。楓明明可以結束這場比賽，不給火凜任何翻盤的空間。

然而吻了茉優、推倒她之後，楓愣住了。

（我不知道……接下來該怎麼做。）

她心跳加速，無法直視茉優的臉。

這反應很奇怪，很不正常。

（……這樣不就跟普通女孩沒兩樣嗎？）

楓原本那麼渴望變普通，普通如今卻阻礙她贏得勝利。

因此她決定將問題歸咎在其他事情上。

（沒錯。因為對方是女生，我不知道該做些什麼。就只是這樣。）

靜靜閉上眼睛的茉優，柔軟的雙唇，彷彿一碰就會融化的熾熱身體，緩緩上下起伏的胸部。

散開的頭髮，以及女孩的香氣。

每當楓回想起來，體溫似乎就會升高。

（如果對方是男性，我只要被動接受就行了……但對方是女性，我就必須主動。）

觸碰茉優。

讓茉優感到舒服。

用手、用指頭、用嘴。

（原來女生和女生是這麼回事……）

楓想像了一下，雙頰變得更紅。

她至今只想過自己得接受些什麼。

之所以進展得不順，就只是因為這樣。

（……茉優的確滿可愛的。）

沒有其他原因。

呼…………楓吐出細長的氣息。

「這是個很好的經驗，我下次一定會成功。」

「很、很好的經驗！」

菫驚訝地大叫。

她滿臉通紅。

「大小姐終於要長大成人了…………」

楓微微歪頭。

「……和女生做過還算處女嗎？」

「您不要逼我想像！我不知道！」

楓輕笑出聲。

看著菫驚慌的樣子，她遭受失敗的精神打擊稍微回復了些。

閒話② 久利山火凜的黯淡

久利山火凜大多時候和神枝楓一樣都活在虛假之中。

「火凜姊！」

她在走廊上走著走著，忽然被叫住。

放下頭髮的溫婉女學生回過頭。

「怎麼了？」

沉穩的笑容宛如桂花散發香氣般，使學妹雙頰泛紅。

「那個……我有些學生會工作上的事想請教妳……呃，請問妳現在有空嗎？」

「有空。」

久利山火凜，高二生。

她就讀貴族女校，是個品行端正、成績優秀的學生。

而且還擔任這屆學生會的副會長。

在學校深受老師信任，也憑藉清純容貌贏得許多粉絲。

每到下課時間，無論學姊還是學妹都會像這樣來找她。

「是要討論各社團的活動預算吧？那麼……」

火凜將頭髮勾至耳後，低頭看向學妹遞來的文件。

學妹望著火凜毫無防備露出的側臉，感到心跳加速。

明明是來問問題的，卻被文件上那白皙細長的手指迷住。

久利山火凜是全校女同學憧憬的對象。

火凜在女子高中表現得如此完美，內心卻覺得——

（——麻煩死了。）

她臉上總是帶著無可挑剔的笑容。

彷彿母鳥餵養小鳥般，以笑容和親切的態度服務眾人。

扮演著任何人都會喜歡的完美女性。

（這些人每天就只會稱讚我好美、好漂亮、好迷人、好俏麗……難道就不能說點別的嗎？）

她表面上不管對誰都一樣。等到雙方拉近距離後，再靠近對方輕聲呢喃：「我只對妳這樣。」

火凜用這個方法擄獲許多少女的心。

（她們都一樣，只要我不在就什麼都辦不到。）

儘管內心瞧不起她們，表面上仍不露痕跡地和她們相處。

「謝謝。妳真的幫了我大忙，火凜姊！」

「不客氣，如果有其他問題，歡迎隨時來問我。」

火凜微微一笑，學妹用文件遮著泛紅的臉快步離去。

看來她這次也很滿意火凜的應對方式。

（那是當然的，全校不可能會有人討厭我。）

不是她過於自信，事實就是如此。

沒有人在乎火凜真正的樣子。

她們每一個人都只看見自己想看見的形象，忘我地扮演著「對清秀學姊懷有憧憬的自己」。

火凜只要繼續當大家的信仰對象就行了。

（所有人的願望都一樣，無論是學校同學、母親，還是那女孩。）

只要滿足茉優對戀人的幻想就好。

這就是她對美人計競賽的「答案」。

她邁開腳步，長髮隨風飄逸。

「妳好，火凜姊！」
「姊姊大人，待會再請妳過來一趟！」
周圍的人紛紛向她打招呼，她揮揮手回以微笑。
（我只要以同樣的方式完成任務就行了，這就是我的使命。）
只做表面工夫對她而言太輕鬆了。
沒錯，一切都會很順利。

「大家好。」
自踏入職場那一瞬間起，火凜就感受到奇怪的氛圍。
目標對象與楓異常疏遠。
如果只是目標對象表現出這種態度還能理解，她在美麗的楓面前總是畏畏縮縮。
這是當然的。一般人和楓在一起都會變成這樣。
然而，今天的情況不同。楓的樣子也怪怪的。
（哦？）
火凜看得出來楓正拚命壓抑自己慌張的心情。

（一定發生了什麼事。）

火凜猜測她們可能接吻了。

以楓的膽量，頂多只能做到這樣。

（光接個吻就這麼在意那個目標對象？）

在火凜看來，茉優真的是個隨處可見的女孩。

所以她並沒有將對方放在眼裡。這種女生她見多了，連對方希望什麼她都很清楚。

火凜對於誘惑女性雖有一絲不安，仍自負地認為這件事應該不需要花太多心力。她真的覺得無所謂。

不過，若楓對茉優抱有特殊情感，那就另當別論了。

她忽然對這個目標——朝川茉優產生興趣。

這個人能牽動楓的心緒，肯定很有趣。

這叫附加價值。**就像在花牌中湊到特定牌型後，分數就會拉高一樣**。

「早安，茉優。」

「咦，啊，早、早安……火凜……」

火凜光是舉起手向茉優打招呼，茉優就害羞地低下頭。

看來她儘管和楓接過吻，仍十分在意火凜。

當然嘍，畢竟她可是久利山火凜。

火凜靠過去，竭盡所能展現自己的美，同時抬眼看著茉優。

——這女生就是楓要搶的牌。

「吶，茉優，我有件事想問妳。這個星期日……」

「咦？」

見到這張牌被人搶走時，楓會露出怎樣的表情？火凜真想早點見識。

火凜結束一天的工作，回到久利山家的宅邸。

「我回來了。」

火凜出聲打招呼，但沒人回應。

她回房途中偷看了一下和式客廳。

母親正坐在那兒翻著帳簿思考事情的樣子。

「母親。」

「火凜，妳回來啦。」

她母親——久利山桔花頭也不抬地回應。

火凜猶豫了一會兒後向母親搭話。

「妳現在方便聽我說話嗎？」

「抱歉，我現在很忙。」

然而對方拒絕了她的請求。

「喔，好吧。」

反正火凜也沒有什麼重要的事。

她只是想向母親報告任務狀況而已。

硬要說的話，其實沒這個必要。母親聽完報告也不能做些什麼。

所有重責大任都已交到火凜身上。她只要在任務結束後，回報勝利就行了。

因此，桔花的態度並沒有問題。

……肯定沒問題。

「我待在房間，有事再叫我。」

母親依然沒回應。

總是如此，不必在意。

她踩著木地板前進。

刺耳的嘎吱聲傳來。

（我是久利山火凜，是久利山家的特務，獨一無二的存在。）

她打開房間的門，手往後伸將門帶上。

她望著物品很少的昏暗房間告訴自己：

（他們需要我。對吧？）

畢竟他們將第七次比賽這至關重要的最後一棒交給了她。

大家都很信任她，只是從來沒說出口而已。

火凜將包包放在椅子上，拿出課本和筆記。為了維持好成績，她每天無論多晚回家都會念書。

她的視線定住。

書桌上有張以前拍的照片。

當時她和楓還會去對方家玩。

楓有些害羞地紅著臉，火凜則抱住楓開心地笑著。

逝去的回憶使她的心起了波瀾。

彷彿還有留戀似的。

火凜抓起照片前的花牌直接往牆上砸。

「啪」的一聲，盒子裡的花牌四散在地。

「我是完美的。所以，楓，妳再怎麼掙扎都贏不過我。從以前到現在都是這樣，妳說是吧，楓？」

火凜佇立在原地，臉上浮現笑容。

楓可能以為自己吻了茉優，就領先了一步。

不過這點程度的差距，火凜根本不放在眼裡。

「最後贏得勝利的一定是我，至今每次都是這樣。所以，稍微讓妳一下也無妨。」

火凜坐在床上打開智慧型手機。

她們剛才拍了張三人照用來幫咖啡店打廣告。照片中映著她、茉優，還有楓。

「什麼叫想變普通……無聊死了。」

她帶著笑容，手指輕撫畫面。

接著喃喃說道：

「不許妳拋下我離開。」

這句話無法傳到任何地方，只迴蕩在火凜耳中。

MARETSUMI

第五話

被女人過度撩撥的女人

MARETSUMI

yuri ni hasamareteru

onna tte, TSUMI desuka?

MARETSUMI

和楓接吻的隔週，茉優來到約定的地點。

這裡是新宿車站東南口，人潮眾多的車站前。秋風已逐漸變冷，茉優的身體卻因緊張而發熱。

她今天竟然要跟火凜約會。

（啊哇哇哇……）

茉優提早一個小時抵達，抵達後一直呈現手足無措的狀態。

火凜向茉優告白後，兩人維持著微妙的距離感。

不對，火凜總是開朗地向茉優搭話，毫不介意之前的事，只有茉優表現得很尷尬。

而且她依然非～常在意和楓接吻的事，和楓也處得很尷尬，不過這暫且不提……

茉優受這些問題所困時，火凜忽然向她提議：

『不如我們來約會吧。』

不不不，這只能算是女生跟女生一起出去玩吧？

茉優慎重起見向火凜確認，火凜回了一個不容質疑的笑容。

『是約會，知道嗎？』

由於火凜再三強調，茉優終於相信這是約會。

（呼啊啊啊……）

那天茉優回家後翻遍整個衣櫃，尋找和火凜約會時適合穿，而且不會讓火凜丟臉的衣服。

她好像沒有那種東西！

最後只好選擇當偶像時唯一被團員稱讚過的上衣、長版細肩帶背心，以及長裙。

那畢竟是她當偶像時的衣服，她試穿了一下，發現腰部有點緊……

後來直到約會這天，她都比平時更細心地保養皮膚。明知是無謂的掙扎，仍將午餐便當的分量減少一半……

於是到了現在。

不過，茉優在這天做了一個重大決定。

那就是——

（我要正式拒絕火凜……！）

畢竟她都和楓接吻了。

那是她的初吻。

那個吻讓她認識「愛」為何物。

過去她的人生如此平淡……如今她已經不一樣了，從現在起她要過著有愛的人生。

所以——繼續維持曖昧不明的態度，對楓和火凜都說不過去。

雖然很難受，但她必須告訴火凜，自己無法和她交往。

這會是……她們最初也是最後的約會。

好難過，真的好難過……但這樣才有誠意……

茉優抱著這份決心，站在新宿車站的會合地點。

不過，像這樣（旁人看來一臉呆滯）佇立在原地一個多小時，就算是茉優這樣的女生也有男生來向她搭話。

「小姐、小姐，妳被放鴿子了嗎？」

「啊，呃……並不是……」

「那麼妳要不要跟我一起去唱卡拉ＯＫ？現在男女一起進去有折扣，妳就當作幫我個忙。」

「這、這樣我很困擾……」

兩人繞著會合地點的柱子轉圈。

她發傳單時都沒人來，偏偏只在這種時候才有人來搭話，她逐漸感到疲憊不堪。

「咦，妳這麼早就到啦～茉優。」

一道開朗而可愛的聲音傳來。

茉優這才回神。是火凜。

（好、好可愛——）

火凜穿著蓬鬆柔軟的外套搭配迷你裙，大方露出白皙的腿。她穿女僕裝時當然也很可愛，但假日的穿著格外迷人。

火凜的美少女氣場全開，男子和茉優都看傻了眼。

茉優欣喜若狂。居然能等到這麼一個閃亮亮的美少女和自己約會，她差點誤以為自己前世是釋迦牟尼才會這麼幸運。

火凜驚訝地歪起頭。

「他是誰？」

「呃，他……」

男子向前一步。

「我感受到命運的召喚！請嫁給我吧！」

「什麼？咦咦？」

男子剛才還輕佻地向茉優搭話，這回換上正經的表情，下定一生一次的決心向火凜求婚。

火凜輕笑一下，挽住茉優的手臂。

她故意做完這個動作後說：

「不行，我和這個女生正在交往。」

「「咦？」」

男子和茉優同時睜大眼睛。

火凜拉了拉茉優的手。

「我們走吧，茉優。」

「好、好的……」

茉優回頭瞥了男子一眼，他失魂落魄地呆站在原地。

（總、總覺得對他很抱歉……！）

火凜將身體貼上來，想拉回茉優的目光。

「茉優，妳怎麼可以趁我不在的時候被人搭訕？」

「咦咦！是、是對方……先開口的。」

「是喔？妳很得意吧？」

「我、我沒有。」

火凜仔細打量茉優，害得她心跳加速。

重點是，火凜的胸部一直抵在她的手臂上。
她能感受到布料底下有股軟綿綿的觸感！
火凜勾起嘴角壞笑。
「我不許妳任性妄為，妳的一切都屬於我。」
「噫。」
「聽懂了嗎？回答呢？」
「這、這太沒道理了吧……我跟妳又不是那種關係……」
火凜瞇起眼睛。
「妳敢跟我頂嘴啊？」
那眼神既豔麗又銳利，茉優不禁倒抽一口氣。
她還沒認輸，只是快哭了。
「可、可、可是，我們根本不了解彼此……」
火凜的眼眸轉了轉，臉上浮現同意的笑容。
「嗯，說得也是。好吧，這次就原諒妳，下不為例喔。」
「火凜……」
火凜原諒我了，人好好，我好喜歡她……

（不，不對、不對！）

最初提出無理要求的明明也是她！

茉優完全被她玩弄於股掌之間。

然而，火凜就是有股奇特魅力讓人得以忍受她的霸道。

「那麼作為賠禮，妳今天一整天都要陪我買東西。買完東西我才會讓妳走。」

火凜近距離露出微笑，使得茉優的心跳又漏了一拍。

（一整天……我和火凜在一起一整天，不知道會怎麼樣……）

可能會無法自制，身心都融化吧。

火凜在安布羅西亞由店長負責訓練，茉優和她接觸的機會並不多。但火凜每次和茉優擦身而過時都會逗弄一下她，每次四目相交時都會回以笑容，光是這樣就讓茉優的精神嚴重耗損。

茉優本來就很不會和火凜這種強勢的人相處。

她真正喜歡的是像楓那樣既溫柔又能讓人放心撒嬌的人！

（沒錯！別忘了妳今天來這裡的目的，茉優！）

茉優在內心聲音的驅使下搖搖頭。

「那、那個！」

「嗯？」

茉優在行人較少的地方停下腳步。

火凜近距離盯著她的眼睛讓她沒辦法好好說話，於是她別過臉去。

「我、我有件事必須跟妳說！」

茉優鼓起勇氣開口。

她完全無法想像火凜聽完之後會有什麼反應。但不管怎樣，茉優應該都會被痛罵一頓。做選擇本身就是一樁罪過。

儘管如此——她還是必須說。

「其實——」

火凜毫不在意茉優沉痛的決心，平靜地開口說：

「喔，是要說和楓接吻的事嗎？」

「那個，我——咦嗚啊？」

茉優的心臟差點爆裂。

「妳怎麼會知道？」

「妳們兩個感覺都怪怪的啊。真不愧是我，居然一次就猜中。」

換言之，她是故意在套茉優的話。

「所以，呃，我和妳……不能再……」

「為什麼？」

「為什麼嗎？」

茉優的精神已瀕臨崩潰。

「呃，因為……因為……？」

茉優說不出話，火凜用手指抵著下頷幫她回答：

「嗯～妳是不是覺得自己選擇楓，就不能繼續玩弄我的感情？」

「那個，呃，那個……是、是的。」

應該是這樣吧。是這樣嗎？她不知道。

火凜沒給她時間考慮，她連緊急召集心中的小茉優都辦不到。

「不然我們也來接吻吧。」

「接吻！」

「太大聲了啦。」

「啊，對、對不、對不起……呃，可是！」

「我說，茉優。」

火凜露出小惡魔般的笑容在她耳邊低語：

「我們不是要試著了解彼此嗎？所以啊，也該確認身體契合度——這個可以先緩緩，但接吻這點小事只是中間的一個環節而已不是嗎？」

「咦、咦咦咦咦……？」

火凜這話似乎是認真的。

茉優感到頭昏腦脹。

「楓一定也這麼想，畢竟這又不是她的初吻。」

「是這樣嗎？」

茉優有些震驚，但若是她奪走了那個大美人的初吻，她可能一生都會覺得責任重大，以結果來說是好事。

不，不對。火凜趁她思考時將臉靠近。資訊量太大了！

「妳說的這些對我來說太有利了吧！」

「有利不是很好嗎？」

「這是要我同時和兩個絕世美少女維持現狀嗎？太罪過了！」

「本人都同意了，又有什麼關係？」

火凜顯得有些不悅，將手貼上茉優的臉。

茉優面對那威嚇般的眼神，心臟以十六分音符的節奏跳動。

「真、真的可以嗎……?」

「我啊……不喜歡不聽話的女孩。」

火凜的聲音忽然冷到令人戰慄。

掌管慾望的茉優模仿火凜的口氣發言:

(那就好啊!)

道德與理性的茉優全被慾望吞沒。

她眼睛失去光芒拚命點頭。

「好的!我不會再在意了!我要擁抱情慾!」

「很好、很好。」

火凜開心一笑,摸了摸茉優的頭。

「我就喜歡壞孩子。」

接著——

她在大街上親吻了茉優。

後來的事,茉優什麼都不記得了。

『妳怎麼了，茉優？』

『咦？』

茉優聽見火凜的呢喃，在床上回過神來。

她們在一間沒見過的居家臥室中，自己變得比現在成熟些。她伸出左手，發現無名指上戴著白金戒指。

『那個，我們……』

『妳睡迷糊啦？』

火凜跟她睡在同一張床上，輕笑著朝她靠了過來。柔軟的頭髮搔刮著茉優，讓她感覺癢癢的。

『快點清醒過來，茉優。』

『那個，呃……』

『呵呵呵，真可愛。』

那紫水晶般閃亮的眼眸盯著茉優，美到令人屏息。對了，我和火凜結婚了——茉優內心平靜地理解到這件事。

結婚的契機，就是新宿大街上那個吻。

但是她並不後悔。因為久利山火凜宛如天上的星星，本來像茉優這種人是絕對不可能觸及的，自己卻有幸和她結為連理。

茉優的人生並非充滿不幸。

她遇上了能夠抵消一切厄運的大逆轉。

『知道嗎，妳再過一陣子就要當媽媽嘍？』

『啥？』

茉優叫出聲來。她看見自己在被子下鼓脹的肚子。

『是我們的孩子喔。』

「——怎麼會這樣！」

她嚇到聲嘶力竭大叫。

這次終於恢復意識。

火凜眼神輕蔑地看著她。

「……妳幹嘛突然大叫？」

「呃，因為……」

她將原因告訴對方，火凜爆笑出聲。

「只因為接吻就失去意識，作了白日夢？真的假的？我的確覺得妳一直在發呆，但不可能真的作白日夢吧？」

茉優滿臉通紅，渾身顫抖。

這當然是她人生第一次作白日夢，既然都發生了，她也沒辦法……這就是真實發生的恐怖經歷。

「那個，這裡是？」

茉優不安地環顧四周，看見一間間高級店面，應該是新宿的百貨公司。

她不知道自己是抱著什麼心態來到這裡的，想必是火凜牽著她進來的吧。

「我只有在買母親節禮物時來過這種地方……」

火凜爽朗地露出笑容。

「有我陪妳就不怕了吧？」

這不是什麼怕不怕之類的問題，不過火凜的話語莫名地有說服力。只要和火凜在一起，就算身處野生老虎肆虐的叢林也能安心。

「說得也是～」

茉優傻笑著和火凜對到眼後想起剛才的事，猛地別過頭。

「怎麼了？嗯？嗯～？」

火凜帶著壞笑繞到她面前，害得茉優不停左右轉頭。

（居然還問我怎麼了！）

和火凜接吻的滋味已深深刻在茉優的海馬迴上。

茉優想起嘶著嘴靠近的火凜。想起她閉上眼後，使她眼部增色的長睫毛，想起她雙唇柔軟的觸感，以及兩人嘴唇分開後她惡作劇般輕笑的淫靡表情。

這一切讓茉優的心情變成粉紅色。

（難道她認為我還能保持平常心嗎！）

茉優衣服底下汗如雨下。

若今天一整天都和火凜共度，她可能會脫水而亡。

「火、火凜……呃，剛剛的事……」

「嗯，所以……」

「妳今天要花一天的時間來了解我，對吧？」

火凜緊緊握住茉優的手。

「……是、是的…………」

過分的可愛成為一種暴力，幾乎剝奪了茉優的個人意志。

「好了，茉優。過來，我們要去樓上嘍。」

「好……」

火凜不忘追加一擊。

「吶，茉優。今天和我約會時，妳可以都用『汪』來回答嗎？」

「咦、咦咦咦……？」

她站在電扶梯的上一階對茉優微笑，完全是主人的姿態。

茉優的雙頰逐漸泛紅。

「這、這已經……是種情趣遊戲了吧……」

「妳不回答嗎？」

火凜雖然在笑，但眼中沒有笑意。

「那個，呃……」

「咦，妳怎麼突然不說話了？」

「……」

這是管教的一環。火凜毫不妥協，要讓茉優明白雙方的立場。

電扶梯上升了兩階左右，茉優終於低下頭。

「汪……」

火凜得意一笑。

接著摸了摸茉優的頭。

「乖孩子。」

「嗚嗚，為什麼要這樣……火凜，妳是不是有這方面的嗜好？」

「什麼？我才沒有。」

火凜直接否認。

在茉優感到悲傷前，火凜繼續微笑說道：

「可能因為對象是妳吧。我之前不是說，妳跟我以前養的狗很像嗎？所以歸結起來，這都是妳的錯。」

「咦咦咦咦～～？」

不但被當成狗，還被單方面怪罪「這都是妳的錯」。茉優沮喪地垂著眉毛，就像狗耳朵一樣。

「難道我跟妳交往之後，都會一直被當狗疼愛嗎……？」

「如果妳希望我這麼做的話。」

火凜溫柔地微笑。這就是糖果與鞭子法則。

「我是個好主人，所以也會給妳獎勵喲。」

「獎、獎勵是……？」

「咦～？現在說就不好玩啦，妳自己想像一下。」

她輕笑起來。

「想想看我會對妳做什麼、給妳什麼。妳要把心思都放在我身上才行。」

「啊哇哇哇……」

好霸道的主人。茉優彷彿被戴上好幾層項圈，快要不能呼吸。

「這、這對我來說，好像太困難了……」

「也對。別擔心，慢慢習慣就好。」

「咦，已經確定要執行了嗎！」

火凜稍微想了想，接著換成撒嬌般的可愛嗓音說：

「如果妳討厭被控制，要不要反過來？」

「反過來？」

火凜緊摟住茉優的手臂。又是一次肢體接觸！

「……比如說，由妳來管教我之類的？」

「咦！」

她雙手輕輕握拳，擺在頭上歪起頭來。

「喵喵…………像這樣。」

「好、好可——」

茉優差點再度失去意識。

「咦，火凜，妳也能扮演這種角色嗎？我以為妳比較喜歡將對方澈澈底底逼到絕境再伸出援手。」

「其實我也願意盡心服侍重要的人喔，喵。」

火凜微微吐舌笑了一下。

茉優無從判斷她是不是在說謊。

不過，如果那是真的——她真的要盡心服侍茉優的話——茉優可能會神經錯亂。

「今、今天還是先由我當狗好了……」

茉優低頭表示屈服。

要牽著宛如有血統證明書的火凜貓散步，對茉優而言太難了。

火凜露出微笑，摸了摸茉優的頭。

「好喔，我會好好疼愛妳的♡」

茉優老實接受火凜的提議後，火凜便給予甜甜的獎賞。這股包容力和楓不太一樣，茉優在她的包容下連心都快融化。

她們互相撒嬌……這場約會才剛開始，茉優就幾乎心滿意足了。

（和火凜在一起，楓的身影就會漸漸從我腦中消失……！救命啊，楓！）

火凜的手段固然高明，茉優的好騙程度也不容小覷。

火凜逛著百貨公司的高級服飾店。

茉優小步跟在她後頭。

「哇……」

「怎麼了？」

「沒有，只是覺得妳真適合這裡。」

「那是當然吧？」

火凜說得極其自然，不帶一絲驕傲。

茉優覺得她的態度真帥氣。

「我常常在想，怎樣的人會在這種店裡買東西，原來就是像火凜這樣的人……」

茉優悠哉地望著那些質地優良的名牌服飾。

火凜似乎很常來這間店，正在向認識的店員搭話。

「我現在在約會，不想被人打擾。聽懂了吧？暫時別讓其他客人進來。」

她們正說著令人害臊的話題。茉優抬頭看著掛在牆上的衣服，假裝什麼也沒聽見。

這時火凜向茉優招了招手。

「啊，是，有什麼事嗎？」

火凜雙臂上掛著一堆衣服。

「妳覺得這件和這件，哪一件好看？」

茉優沒想到火凜會問自己的意見。

她還以為火凜不在乎別人的看法，愛怎麼穿就怎麼穿。

「嗯……我覺得這件比較好。」

她伸手一指，火凜淡淡點頭回了聲「喔」。

接著將茉優選的衣服塞到她手上。

「那麼妳去試穿一下。」

「咦？」

火凜遞給她一整套衣服，讓她感到驚慌失措。

「不用在意價格，我會先付錢。」

「不行啦！我也有——唔。」

還好理智發揮了作用，不然她差點當場大叫：「好貴————！」

不開玩笑，這跟茉優平常在網路上買的衣服真的差了一位數。

「這麼、呃、這麼……咦……！」

茉優渾身發抖，火凜推著她的背，將她推進更衣室中。

「我就在旁邊，換好了叫我。」

「那、那個……火凜。」

「什麼事？」

茉優從簾子後方露出頭叫住火凜。

「妳為什麼要這麼做……？」

「別客氣，我有黑卡。」

「咦，妳、妳到底是何方神聖……？不對，不是這個問題！」

火凜大步靠近，用指尖輕撫茉優的臉頰。

「我不是說了嗎？妳是我的。寵物會自己付飼料錢嗎？」

「這、這個嘛……」

「我選的衣服應該很適合妳。妳那件裙子有點不合身吧？快去換掉。」

「嗚嗚。」

火凜戳了戳她的額頭，將她趕回更衣室。

茉優按著額頭，站在原地不知所措。

不過，最後她決定試穿一下就好。

衣物摩擦的咻咻聲傳來。

沒多久，鏡中便出現一名打扮正式的成熟女子。

「哇……很適合我的年紀……」

然而，脖子以上還是平時的她，看起來很不搭調。

「那個，我換好了。」

茉優怯怯地說完，簾子被「唰」的一聲拉開。

火凜將茉優從上到下打量一遍，點頭說了聲「嗯」。

「好怪。」

「您說得沒錯！」

她真誠實。

「我可以換掉了嗎？」

火凜走進更衣室拉起簾子。

「妳幹嘛！」

「還是這麼做比較好。手伸出來。」

火凜從自己的包包中拿出化妝包，將茉優的手當成置物架放在她手上，拿起化妝棉和化妝品。

「妳、妳要做什麼……？」

「妳臉上還是平時的妝容，這樣很不協調。我幫妳調整一下眼妝，靠過來一點。」

「哇噗。」

火凜將臉靠近。

茉優自然想起剛才接吻的記憶。

美少女認真的臉近在她眼前，她的雙頰逐漸潮紅。

「那、那個……請問……？」

「別動。妳長得還可以嘛。」

「汪、汪……」

火凜順便用髮蠟幫她整理了瀏海。

茉優的心情就像是鄰居大姊姊第一次教自己功課一樣。

她們共處在更衣室，一片簾子隔出的密室之中。

她不斷意識到火凜的存在，心跳靜不下來。

「好了，妳看看。」

火凜接過化妝包後，讓茉優面向鏡子。

「啊……咦？」

鏡中的茉優不再像平時那樣稚氣未脫。

她像是身穿名牌洋裝、散發出淑女氣質的美女。

「這、這是……」

「身為我的寵物，當然要打扮成這樣。」

「火凜……」

茉優摸著自己的臉，淚眼汪汪地望著火凜。

平凡無奇的她在火凜的包裝下彷彿變身成特別的人。

火凜驚訝地睜大眼睛，似乎沒想到她會這麼感動。

「妳、妳幹嘛這副表情？」

「我……」

茉優緊握住火凜的手。

「我要自己買下這套衣服！雖、雖然我手頭並沒有這麼多錢……但是我之後一定會付清！」

「我買給妳啦，當作初次約會的紀念。」

「可是……」

「別說了，衣服一定也希望被適合的人穿。」

火凜任由茉優握著她的手露出微笑。

「如果真的要報答我，就別選擇楓，跟我在一起吧。」

「這、這個嘛……那個，我還沒辦法做決定……可、可是！我了解到火凜妳真的是個好人！」

「好人？」

火凜被逗笑了。

「妳是在只有老實人的島上長大的嗎？」

「這、這麼說太誇張了啦……」

「好吧。既然妳想報答我，就穿著這套衣服跟我約會。」

火凜有些高傲地命令完，茉優低下頭來。

「那個……妳為什麼要為我做這麼多？」

「什麼？只是因為喜歡妳，不行嗎？」

「不是不行……只是我不明白……」

茉優連所謂的「喜歡」都不懂，更不懂喜歡上一個人之後會發生什麼事。

火凜毫不猶豫地開口說：

「茉優，妳是不是沒喜歡過別人？我指的是戀愛那種喜歡。」

「咦……」

茉優回憶了一下。

她學生時代和其他女生一樣有喜歡的人，不過沒有告白。現在想想，當時可能只是在模仿同儕而已。

當上偶像後，她眼裡始終只有工作，更不可能有喜歡的人。在她追逐夢想的道路上，並沒有「喜歡別人」這個選項。

「可能……沒有吧。」

「嗯，我也沒有。」

「妳不是喜歡我嗎！」

茉優得意忘形地叫了起來。

「啊，也對。那就只喜歡過妳一個人。」

「好、好隨便。」

「我心想茉優打扮起來一定更可愛。茉優變可愛，我就開心。就只是這樣而已，不能當成理由嗎？」

她們倆都不知道喜歡是什麼，自然討論不出答案。

不過，茉優被她的說法說服了。

「……或許『喜歡』就是由這些情感日積月累而來的吧。」

像是楓和火凜。

只要她們倆展露笑容，茉優就會感到開心。若問她為什麼，她也答不出來。如果有人說她的感覺是錯的，她會很失落。

說到底，這種心情只有自己才明白，也只有自己能為它命名。

接著火凜補上一句：

「所以就算我現在跟妳在一起有什麼別的理由，幫妳打扮而感到開心的心情依然是真的。」

茉優感受到這句話中有股微妙的語氣。

但她無從得知背後隱含的情緒是什麼。

（不過，既然火凜覺得開心……我也應該要……高興吧……）

她思考這些時，火凜用打量的眼神盯著她看。

「話說回來，妳認為『喜歡』是日積月累而來的，是嗎？」

「咦？呃，是的。兩人累積出許多回憶後，這些回憶就會成為他們專屬的故事，難道不是嗎……？」

「這樣啊。」

火凜往後退開，裙子翩翩飄起。

「跟《小王子》裡說得一樣。」

「咦？」

「『是你花費在玫瑰上的時間，讓你的玫瑰變得如此重要。』妳沒聽過嗎？」

「讀、讀是讀過。」

火凜用雙手比出一個方框，將茉優的身影收進方框之中。

「我還算贊同這句話。不過說出口後，總覺得有點老套。」

茉優有種獲得認可的感覺，雙頰浮現紅暈。

「意、意思是我及格了嗎？」

「什麼及格？誰在跟妳說這個。」

火凜帶著笑意再度靠近，如舔拭般仰視茉優。

「妳想跟我討獎勵啊？真是貪心。」

「不，我沒有……」

火凜輕鬆地在茉優的臉頰落下一吻。

茉優嚇到手腳的指尖僵硬伸直。

「火凜！」

她呵呵笑了笑，消失在簾子後方。

「如果想被我溺愛，就好好累積我倆的回憶吧。」

「嗚嗚……好嗚……」

茉優已經快被火凜的甜蜜誘惑擊垮。

火凜後來買東西也都用黑卡結帳——用的當然是久利山組的經費——茉優看她花錢覺得害怕，但仍陪她逛了一會兒鞋子、小東西與小飾品，兩人逛累了便進到咖啡店。

火凜點的是無糖冰紅茶，茉優則是漂浮汽水。

「這可能是我人生中最受人寵愛的一次……」

「沒有其他人寵過妳嗎？」

「沒有耶……從小就沒什麼人會管我……」

茉優若有所思地用湯匙舀起香草冰淇淋。

「妳童年過得怎麼樣？」

「幾乎都是看電視度過的，因為我母親總是忙於工作。」

「是喔？我也差不多。」

「妳也是嗎？」

火凜隨口提起自己的事，這讓茉優有些意外。茉優原以為她對這種事保密到家，和她聊過後有很多意外的發現。

「我家人很多，但每個人都小心翼翼地對我，沒人願意陪我。」

「那、那妳……應該很寂寞吧？」

「寂寞嗎？我不記得了。我當時認為這很正常。但我並非總是孤單一人，偶爾還是會有朋友來找我玩……」

火凜說到一半，帶著笑容定住不動。

茉優用吸管吸著飲料等她說下去，她卻忽然不悅地別過臉。

「別聊我的事了，妳怎麼樣？」

「咦，啊，我嗎？嗯，我也差不多……不過現在回想起來，我覺得自己當時可能很寂寞！」

茉優有種踩到地雷的感覺，不由得像個面試工作的大學生一樣挺直背脊回答。

「妳怎麼會連自己的心情都搞不清楚？」

「就是說啊……」

茉優臉上難得浮現豁達的表情嘆了口氣。

「我以前很想成為大家眼中特別的人。」

「話題太跳躍了。」

「不好意思……」

「然後呢？」

茉優在火凜的注視下有些緊張地開口說：

「呃，雖然還不太確定，但我最近在思考一件事。妳和楓一直說喜歡我，讓我覺得很滿足……所以說不定，我真正希望的不是被眾多人喜愛，而是被某個人珍惜吧。」

「……」

火凜的視線來回游移了一會兒。

「所以，我才說要由我來寵愛妳啊。」

「啊，也、也對。」

茉優突然慌張起來。

「難道說對象是我，讓妳感到不滿意嗎？」

「怎、怎麼可能！只是覺得……妳配我太可惜了……」

「經常有人對我這麼說，真是莫名其妙。那我到底要跟誰在一起，妳才會滿意？」

「當然是……」

——楓啊！

茉優差點說出口，連忙保持笑容，用雙手遮著嘴。

好險。她們倆在職場關係很差，茉優若真的這麼說，火凜可能會用冰紅茶潑她。

「像、像是演員啊……老闆之類的……」

「我才不想跟沒興趣的對象睡咧。茉優，難道妳有綠帽癖嗎？」

「綠——」

茉優以前當過偶像。在險惡的演藝圈打滾時，當然聽過各式各樣的性癖。

「不、不可以這麼做。」

「當然嘍，又不是工作。」

……工作？

火凜聳了聳肩。

「沒事，跟妳無關。總之跟妳在一起，總比跟那些不認識的傢伙在一起好一億倍。我是說真的。」

「過、過獎了……」

茉優今天過得很愉快。

因此她希望火凜也能得到幸福。她認為火凜要和楓那樣品格高尚、又美又帥氣的人在一起才會幸福……儘管她或許太多管閒事了。

不過，她至少要向火凜道謝才行。

「我真的很開心能跟妳一起出來玩！妳還破費幫我買了這麼貴的衣服……我以後一定會報答妳，所以……」

「少得意了。」

「咦？」

火凜站起身來俯視茉優。

「妳憑什麼說這些？看來是我管教不足。」

「那、那個……」

「別想些有的沒的。我都說喜歡妳了，妳還一直把我當外人看，老實說我真的感到很火大。」

火凜眼神銳利地瞪著茉優，令她渾身發抖，心想自己是不是又做錯了什麼。

「我、我承認那樣也是一種思考方式！可是我天生運氣非常不好！所以很容易想東想西！」

「我和楓同時追求妳，妳還覺得自己運氣不好？」

「我每天都很擔心自己太過幸運，隔天會被卡車撞！」

火凜輕撫茉優的臉頰。

「少囉嗦，快點答應跟我交往。聽好了，妳只能回答『是』或『汪』。」

火凜說完便伸出手。

她的手指細長、白皙且可愛，指甲修剪得整整齊齊。

茉優盯著那隻手，腦中浮現千頭萬緒，最後腦子彷彿「咻」地噴出白煙，伸手握住了她的手。

接著她像喪屍般傻傻地點頭。

「唔、汪！」

就這樣，茉優和火凜確定開始交往。

MARETSUMI
第六話
暴怒的久利山火凜
MARETSUMI
yuri ni hasamareteru
onna tte, TSUMI desuka?
MARETSUMI

就這樣，茉優和火凜確定開始交往——

「——才沒有！」

和茉優道別後，火凜用樂福鞋將路邊的垃圾桶踹飛。

茉優走出咖啡店後一直面帶笑容，如同泡在有美少女陪侍的天堂溫泉中，繼續陪火凜逛百貨公司。

不管火凜說什麼，她都百依百順地回答「是」或「汪」，好像所有煩惱都消失了。

（糟透了。）

不一樣。這和火凜預想的完全不一樣。

每當想起茉優那被石油大亨看中般的傻笑，火凜就氣得牙癢癢。

（這哪算贏啊？）

她目送茉優走進車站後，煩躁地拿出手機。

對方很快就接了。

「喂，楓。」

『……幹嘛？』

「馬上過來。」

火凜說完重點，便收起手機。

她早就發現楓在跟蹤自己。

剛才約會時，她好幾次看見戴著帽子和眼鏡的楓，而對方似乎也沒有要躲藏的意思；不過茉優當然沒注意到的樣子。

楓照她說的，不到三分鐘就來了。她已摘下帽子和眼鏡，打扮和平時無異。

「有什麼事？」

火凜大步走向態度冷淡的楓。

楓皺起眉頭。火凜不顧她的反應，像要揪住她衣領似的強勢靠近。楓硬是不肯別開視線，緊盯著火凜。

接著——

火凜將臉湊到楓面前對她說：

「我餓了，想去吃點東西。陪我。」

「……啥？」

「為什麼會演變成這樣？」

「有什麼關係，我一直想來吃吃看。」

楓和火凜並排坐著吃拉麵。

她們來到新宿一間只有吧檯的拉麵店。店內的女客人意外地多，不過兩人的美貌還是很顯眼。

「我看評論說，這裡的魚貝拉麵很好吃。但像我這樣乖巧的女生，怎麼可能一個人進來這裡？」

「我在意的是，妳為什麼找的是我。」

楓剛才為了跟蹤她們，應該也站了很久。

清爽的鹽味湯頭溫暖了她們疲累的身體。

「妳皺著眉頭吃，不會吃不出味道嗎？」

「……拉麵本身還是好吃的。」

吧檯後方拚命工作的男人們愣了一下。

美少女的稱讚慰勞了他們的辛勞。

火凜眼神凶惡地吃著麵。

「糟糕透頂，我氣到都餓了。好好吃～」

「怎麼不請幫派成員帶妳來這邊？」

「我跟妳不同，我是有氣質的大小姐，不會帶著手下在外面亂晃。」

火凜是久利山組中的異類。

和受人喜愛的楓不同。

楓應該知道，火凜在宅邸裡也總是孤單一人。

（這種事無所謂啦……！）

火凜將細麵在湯匙上放涼後，再簌簌吸進嘴裡，順帶吞下煩躁的心情。

「真好吃～」

「嗯。」

兩人沉默了一會兒。

吃到一半左右，楓似乎擔心吃完拉麵就要解散，因而主動開口說：

「吶，火凜。」

「嗯？」

「我覺得該做個了斷了。」

「對了。」

她有話要對楓說。

「那個朝川茉優到底是怎麼回事？」

「什麼意思？」

火凜奮力大吼：

「她太好騙了吧！那隻爛狗！」

「…………」

就連楓也沒辦法為茉優說好話。

「她是怎樣？跟妳接過吻就瘋狂愛上妳，跟我接過吻就瘋狂愛上我，還想跟我結婚。她是為了交配而生的蟬嗎？」

周圍有幾名客人嗆到。

「火凜……這麼說太下流了……」

「……我的確說得有點過分。」

楓臉頰泛紅地提醒完，火凜為了掩飾尷尬，便用湯匙舀起湯來喝。

「氣死了……真不知道她在想什麼。」

「茉優很可愛啊。」

「我知道她本人沒有惡意，但這才是最糟糕的。」

讓火凜氣急敗壞的正是這點。

如果對方很強，攻略起來也會很有樂趣。然而，倘若對方太弱，只會讓這場對決變得很空虛。

她本來還暗自竊喜，只要搶走茉優就能讓楓感到不甘心。

沒想到這個如意算盤完全被打破。

剩下唯一值得期待的事，就是帶茉優回家，讓她承認自己是火凜的戀人。

換言之，就是在這場比賽中勝出。

楓露出一個稱不上笑容的放鬆表情。

「不過，沒想到區區一個茉優就能攪亂妳的步調，感覺真有趣。原來妳也會露出這副表情。」

「什麼表情？」

「就是這副表情。」

楓的聲音中不帶一絲輕蔑，只是純粹覺得好玩。

或許正因為如此，火凜更覺得心裡麻麻癢癢的。這種感覺很難形容，有點懷念，又有點像第一次感受到。

她岔開話題，想以玩笑帶過。

「唉，早知道就甩開妳的跟蹤，直接帶她去旅館了。」

「妳以為強硬地和她發生肉體關係就贏了嗎？」

「贏了就是贏了啊。」

火凜嘴上肯定地這麼說，內心卻有不同的想法。

（雖說如此，楓在那之後也帶茉優去旅館，應該又會演變成同樣的局面……）

她猜的一定不會錯，簡直是泥沼般的狀況。

「要怎麼做才能讓一個會愛上任何人的女人鍾情於我？」

「就算是茉優，應該也不會臣服於我們以外的人。」

「妳的意思是，我們的技巧太高明了？不過這也沒辦法。」

「是啊。」

事實證明，她們為了擄獲男性所學習的技巧，也能用在女性身上……不，這很難說。或許因為目標是茉優所以才適用。

「不過，如果對象是男人，只要拐上床就結束了吧？我聽說男人就是這樣的生物。但對象是女人要怎麼辦？怎樣才算大勢底定？」

「這個嘛……」

楓也說不出話來。

這情況確實比她們最初想的要複雜。

對女人使用美人計本身就不尋常，再加上朝川茉優又是個大而化之的人，情況因而變得更加棘手。

「唉，不過我找妳來，不只是為了抱怨。」

「妳對我之前說過的話懷恨在心嗎？」

「沒有啊。」

「火凜妳……」

「……幹嘛？」

她看著楓美麗的側臉。

「沒事，只是意識到原來妳真的沒朋友。」

「什麼啦？我不是沒朋友，是不需要朋友。」

「可是這樣想吃拉麵時不是很傷腦筋嗎？」

「……是沒錯。妳到底想說什麼？」

「沒什麼。」

楓想說些什麼但又作罷。這讓火凜很在意，內心漸感煩躁時，楓換了個話題。

「妳想說的，簡言之就是『怎樣才能分出勝負』對吧？」

「算是吧。」

「既然如此，我有個點子。」

「……哦？」

——楓的提議雖然有些奇特，聽起來確實可行。

然而火凜聽著聽著，心中卻冒出不悅的情緒。

（楓似乎很著急，想要趕快結束這場比賽。）

其中一個原因，應該是因為她不太想見到火凜。

（再來就是……因為欺騙朝川茉優，所產生的罪惡感？）

事到如今還談什麼罪惡感。

身為特務，早就該將是非對錯拋諸腦後。畢竟楓和火凜都是受這樣的教育長大的。

（那麼，還有什麼原因？）

火凜仔細注視著楓的眼睛。

「整個計畫大概是這樣……怎麼了？」

「楓妳……」

火凜托著下巴，話說到一半——

（妳對朝川茉優，該不會是認真的吧？）

——最後決定不說了。

「怎麼了？」

「沒事。」

「說到一半又不說完，這樣讓人很不舒服。」

「妳剛才還不是一樣？我偏不告訴妳。」

「妳又想捉弄我了嗎？」

「妳要這麼想也行。」

朝川茉優確實有一些優點。

玩弄這過於善良的女人還滿有趣的。

不過——

（這也太糟了。）

從楓的側臉看來，她的心思完全在其他地方。那雙迷濛眼眸中浮現的情感是什麼？

火凜想像了一下，不禁覺得想吐。

「了解，就這樣進行吧。」

「妳剛才要說什麼？」

「少囉嗦。」

火凜站起身，俯視著楓說：

「我一定會贏。說什麼要變普通，我絕不認同那種玩笑話。」

「等一下，火凜。」

火凜放下錢走出拉麵店，楓追在她後頭。

她大步穿梭在霓虹燈照耀的東京街頭。

結果又變成這樣。火凜唯一能做的，就是否定楓。

「我也不會輸！」

楓的聲音令她停下腳步。

她轉頭，只見楓一心望著自己。

那神情如此專注，彷彿眼中沒有其他事物。

她的心臟怦怦跳得飛快。

楓的目光和來久利山家拜訪時一樣，只注視著火凜。

然而緊接著——火凜的心臟卻像被潑了水般瞬間冷卻。

「我會贏過妳、結束這一切，變成普通的女孩。我會將這些事全部忘記，過我自己的人生！」

（什麼？）

火凜睜大眼睛按住胸口。

「妳不可能辦到！」

她眼神銳利，不帶一絲笑意。

「妳在發什麼瘋？我不許妳做這種事。」

「妳沒資格對我這麼說。」

「好吧，那我也只好給妳個教訓。妳以為向神枝組報完恩，就無事一身輕了嗎？我絕不允許這種事。」

火凜眼中燃燒著熊熊怒火。

「我不會再讓妳拋棄我。」

她撂下這句話，便轉身離去。

身後傳來細微的聲音，彷彿風中的灰燼。

「我才沒拋棄妳……不尊重我的，明明就是妳……」

火凜眼中已照映不出任何事物。

回到家後，火凜傳了一封訊息給楓。

訊息內寫著日期、地點，以及決勝方式。

火凜丟開手機，踩過花牌四散的地板倒在床上。

她摸著嘴唇，在黑暗中喃喃自語：

「……我不會原諒妳的，楓……」

MARETSUMI

第七話

被兩名女人折磨的女人

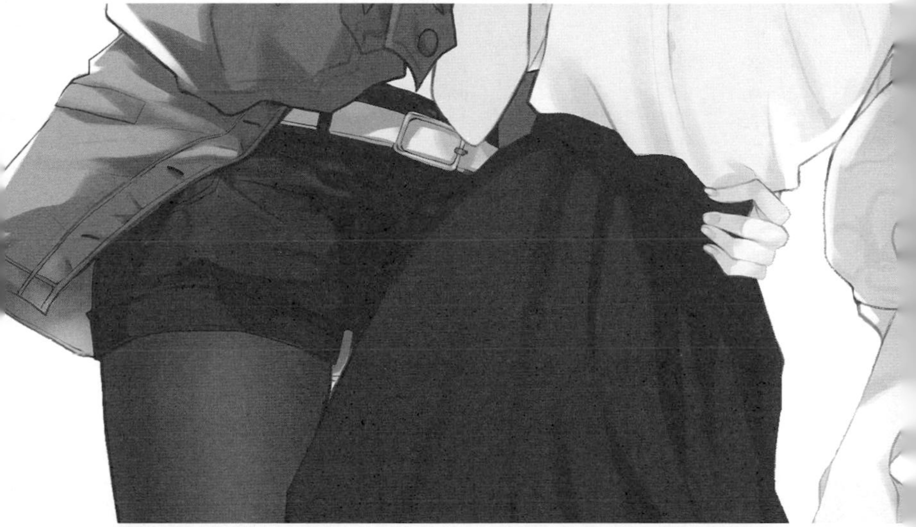

MARETSUMI

yuri ni hasamareteru

onna tte, TSUMI desuka?

MARETSUMI

一般人聽到「愛情賓館女子派對」會想到什麼？

時尚、華麗、歡樂、有趣、香香的。

實際上最後一項是對的，只有最後一項。

「呃，我……」

茉優呆站在房門口。

左右有絕世美少女楓與火凜陪侍。

「我為什麼會在這種地方……？」

「妳又失去意識了嗎，茉優？」

火凜笑得宛如有毒的花。

「她之前也失去過意識嗎？」

「對啊，就在我吻了她之後——」

「——哇～哇～哇！」

茉優大叫起來，楓不悅地望著她。

「是喔……茉優，妳和火凜也接吻了嗎？」

「呃，那個、這個………」

「茉優，妳為什麼吞吞吐吐的？跟我接吻不是一件值得向全世界炫耀的事嗎？」

「茉優，妳有我還不夠嗎？只要跟我說一聲，我隨時都能陪在妳身邊呀。」

茉優被左右夾攻，腦袋已經快變得不正常。

她只能感受到左右不斷傳來香香的味道。

為什麼會演變成這樣？

不對，其實她早就明白總有一天會走到這個地步。

前幾天。

茉優如常去上班、如常結束工作要回家時，發生了一件不尋常的事。

她被兩名超凡美少女——楓和火凜包圍。

『怎、怎怎怎怎、怎麼了？』

她竟然還有臉問怎麼了。被兩人親吻、告白，直到現在都還拿不定主意的正是她朝川茉優。

『真抱歉，我們之前一直不理解妳的心情。』

『嗯，妳一定很難受吧，茉優？』

『咦？』

兩人聯手出擊。

這狀況怎麼想都有問題，當時的茉優卻覺得感動萬分。

茉優在更衣室裡剛換好衣服，穿著女僕裝的兩人前來擋住她的去路，她卻感動到擦眼淚。

『明明是我太優柔寡斷，一直在妳們兩人之間搖擺不定……嗚嗚，妳們卻這麼溫柔地安慰我……』

『妳不優柔寡斷啊。』

『我反而覺得妳很果斷，畢竟妳（在那個當下）有選擇要跟誰在一起，只是抵抗不了慾望。』

『嗚嗚，謝謝妳們……』

她們當然不是在稱讚她。

『所以我們有個想法。』

『要讓妳從痛苦中解放。』

茉優的視線變得模糊。

『楓、火凜……』

『嗯，所以說——』

楓和火凜抓住茉優的手臂。

『我們去愛情賓館吧。』

『咦？？？』

『別擔心，只是要辦三個人的女子派對。』

『啊，什、什麼嘛！這樣我就安心了！』

——根本沒辦法安心。

於是，茉優來到了這裡。

這間愛情賓館房間寬敞，簡直像飯店的豪華套房。但是茉優當然沒住過豪華套房。

不過富麗堂皇的房間真不錯，茉優興奮了起來。

「哇～好棒喔，原來所謂的『愛情賓館女子派對』，就是辦在這種地方！哇～閃亮亮的好漂亮～！美極了～！」

茉優儘量不去看那張有頂篷的大床，忙碌地在房間各處探索。

這個套房的構造還滿特別的，有前後兩個房間。

她連浴室都逛過一遍後走了回來。

火凜招了招手。

「茉優，妳過來一下。」

火凜和楓坐在桌前。

茉優遵從指示，坐在她們中間。

桌上放著兩張紙。

「這是什麼？」

「妳自己看。」

「呃……」

茉優唸出聲來。

「戀人契約書……這什麼東西！」

左右都被人擋住，她無處可逃。

『戀人契約書

立約人　朝川茉優　基於自身意願，發誓締結戀人關係。

2020年　月　日』

底下還有第一條至第十三條的詳細規定……

這樣的文件共有兩張，一張有楓的簽名，另一張則有火凜的簽名。

「這、這是？」

「戀人契約書。」

「看也知道，這上面有寫！」

「這裡有筆和印泥，簽約時請蓋拇指印。」

「不、不是啦！」

茉優對左右兩側的楓和火凜大叫。

「妳、妳們為什麼要準備這種東西？」

火凜聳聳肩。

「我和楓在這件事上剛好意見一致。」

楓不滿地別開視線。

「這都要怪妳太好拐了。」

「才、才沒有！我活了二十三年還保有純潔的肉體！」

「哈哈哈，那是因為沒人喜歡過妳吧？」

這猛烈的一擊正中茉優的要害。

她心中的小茉優們也因此被擊沉。

「才、才沒有……才沒有這種事……」

火凜毫不在意，笑著說下去。

「正因如此，妳才會在我追求妳時喜歡上我，在楓追求妳時喜歡上楓吧？」

光聽這段描述，會覺得茉優是個很糟糕的人。

楓在她耳邊低語。

「沒關係，茉優。這也沒辦法，妳一生中從來沒有被人喜歡的經驗，當然會欣喜若狂。我覺得這樣的妳也很可愛。」

「嗚嗚嗚嗚。」

「說不定不只是妳，世界上任何人被我和楓追求都會這樣。」

實際上，女僕咖啡店的同事們也對她們倆有意思。

茉優聽到這裡終於冷靜下來，決定先聽她們怎麼說。

「呃，所以呢……？」

「所以才需要契約書。」

火凜拿起一張紙舉到她面前。

「從現在開始，我和楓會反覆吊妳胃口，讓妳欲仙欲死。妳如果想要我們繼續做下去，就在這張紙上簽名。」

「然後把另一張紙撕碎丟掉。」

「欲、欲仙欲死……？」

茉優整張臉立刻紅起來。

火凜舔了舔嘴唇微笑。

「簽了名，我就帶妳上天堂，茉優。」

楓也在茉優耳邊吹氣。

「妳該做出決定了，茉優。我明白妳想同時被兩個人疼愛的心情，但我們只能縱容妳到今天為止。」

「呼唔唔……」

茉優背脊發顫。

楓和火凜同時對著她的左右耳呢喃。

「『**妳要選誰當妳的戀人**？』」

茉優心想，今天自己的腦袋可能會被摧殘到體無完膚的地步。

明明沒喝一滴酒，卻有股喝醉酒的感覺。

因此，她想都不想就拿起筆。

在離自己較近的那張紙上簽名。

「等、等一下！」

火凜著急了。

因為她簽的那張是楓的契約書。

「茉優，妳這麼快就要做決定了嗎！」

「妳擺出可怕的表情嚇她也沒用。」

楓像要保護茉優似的抱住她。

「茉優早就決定要跟我在一起了。對吧，茉優？」

「不…………」

茉優眼神空洞，像泰迪熊般任由楓抱著。

「我只是擔心這樣下去我會心跳過快而死，才想說趕快簽一簽……」

「等一下！」

這句話連楓聽了都生氣。

「妳要好好選擇，不能隨便做決定。」

「可是、可是！」

茉優拍著桌子哀號：

「可是楓和火凜都長得很漂亮，而且我到現在還是不了解妳們兩個，怎麼可能選得出來！」

這完全是在發牢騷。

「這樣無論選誰，結果都一樣！妳們為什麼要同時喜歡上我呢？饒了我吧！」

楓和火凜被眼冒漩渦的茉優嚇到，沒想到會把她逼到如此崩潰。

但那也只是一瞬間的事。

她們很快就恢復冷靜，摸摸茉優的頭、拍拍她的背。

「好啦，知道了、知道了。我們錯了，不該一直逼妳。」

「抱歉，茉優。我們不是有意要折磨妳。」

「不，最糟糕的是態度曖昧不明，無法選擇任何一方的我……」

事實確實如此。

楓和火凜是能讓他人產生好感的專家。

只要接到任務，無論是當商業間諜、潛入組織，還是接待政治家以獲取情報等各種類型的工作，她們應該都有能力完成。

然而她們卻被派到一個普通人身邊。

而且是個總在感嘆自己運氣不好的二十三歲單身女性。

這就像拿武士刀來切蔥一樣。

火凜認為茉優也有值得同情的地方，於是變更提案內容。

「不如妳今天就和我們倆分別聊聊，如果有辦法做決定的話，再慢慢思考要選誰怎麼樣？」

她以哄小孩般的和緩語氣說道。

茉優不時窺探火凜的臉色。

「沒事，我是火凜姊姊呀。別怕、別怕，茉優。」

「妳、妳不會摧毀我的腦袋吧……？」

「我從一開始就沒有要做這麼恐怖的事……楓呢？」

火凜對楓投以銳利的目光，和看茉優時完全不同。楓當然也點了點頭。

「茉優認為好就好。」

「……楓，妳有時候真的太寵茉優了。」

「因為她很可愛嘛。」

「好吧。」

事情就這麼定了。

「那麼……呃，就麻煩妳們了……」

她們哄著嚇得半死的茉優，決定變更今日的計畫。

改走兒戲般的超級寵溺簡單路線。

火凜故意聳聳肩，勾起嘴角壞笑。

「唉，我精心設計了一個計畫，要讓茉優從此只能像狗一樣發出『汪汪』和『嗚嗚』的叫聲，這下全都白費了。」

「火凜……她好不容易才冷靜下來，妳不要再刺激她了。」

茉優抱住楓，情緒就像快要滿溢而出的水一樣不穩定。

茉優原本並不知道兩名美少女同時襲來有多恐怖。

她一開始還覺得：「哇，太幸運了！」仔細想想才明白這並不是件容易應付的事。

無論和楓還是火凜在一起，都會對她們的人生造成一些限制。

假如有一天，她們突然對她說：「對不起，喜歡上妳只是一時衝動。」她大哭一場之後應該就能接受。

她應該會想，這也沒辦法。畢竟她的人生向來都是這樣。

沒想到，她們竟然會認真到將戀人契約書遞到她面前。

這還不恐怖嗎？

「我的心情大概是這樣……妳有聽懂嗎……？」

「嗯，算有吧。」

楓模稜兩可地點點頭。這場對決由楓先開始，因此茉優被帶到了裡頭那個房間。她們正是為了這個目的，才選擇有兩個房間的套房。

房裡只有她們兩人並肩坐在沙發上。

楓在閃亮的室內燈光照耀下，看起來比平時更美。

「不，抱歉，我聽不太懂。妳不喜歡我們對妳告白嗎？」

「怎、怎麼可能！這是我人生最幸福的時刻，也是世上最美好的瞬間……！所以我很感謝妳們……」

「真的感謝我的話，就跟我交往吧。」

楓將臉湊近，茉優再度緊張起來。

「好、好的，我願意……！」

茉優閉上眼接受楓的告白，但楓才不會因為這樣就開心。

她已經逐漸掌握茉優的模式。

「……可是，妳等等也會對火凜說一樣的話吧？」

「嗚嗚嗚……」

茉優用雙手遮住臉。

被楓說中了。

「我都不知道被夾在兩人之間是這麼痛苦的事……！」

「茉優。」

楓緊抱住苦惱的茉優。

「沒事的。妳現在或許有些痛苦，但選了我之後，一切都會變幸福的。」

「嗚，楓……」

「相反地……」

楓凝視著茉優。

「要是選火凜就糟了。」

「咦？」

「妳肯定會一直被耍著玩，得不到片刻安寧，一輩子過得比現在還痛苦。下輩子還會轉世成熊，人人喊打。」

「請、請等一下。」

茉優打斷她。

「妳怎麼突然開始說起火凜的壞話……？」

「我是為妳著想才這麼說的。」

這是因為楓改變了策略。如果楓這支股票對茉優而言已經漲停，楓能做的就是拉低火凜的股價。

不過，她說的也是事實。

「我認真奉勸妳別跟火凜在一起。」

「這、這樣啊？呃……妳們以前發生過什麼事嗎？」

楓瞬間說不出話來。

「……的確發生過一些事。」

「妳們吵架了嗎……？」

茉優一臉擔心，楓摸了摸她的頭。

「差不多。像她那種人，不是妳應付得來的。」

「可是，我也應付不了妳啊……」

無論楓說再多火凜的壞話，茉優對她的好感度仍不增也不減。

「話說……如果我到最後都選不出來呢……？」

儘管這樣的發言聽起來很差勁，茉優還是忍不住這麼問。

畢竟楓和火凜都是最頂級的美少女。即使為她們打分數，也會是一兆分ｖｓ一兆分，兩人不相上下。因此，和茉優接觸次數最多的那一方自然會贏得勝利，這也是沒辦法的事情！

身為普通人代表的茉優悲痛地問完，楓自信滿滿地將臉湊近。

「別擔心，我現在跟妳在一起，就是為了幫助妳做選擇。」

「好、好嗚……」

「我喜歡妳，茉優。」

她的告白令茉優心情激動，儘管聽過好幾次仍無法習慣。

「我一想到茉優，心裡就會暖暖的。即使是沒上班的日子，我也會呆呆地想著妳的事情。」

「妳的……意思是……」

「我相信妳也跟我一樣。」

楓用水汪汪的眼注視著茉優。

「我希望今後能繼續待在妳身邊。拜託妳，牽我的手。」

楓向茉優伸出手掌，茉優連忙想要抓住。

然而，楓立刻縮手。

「啊！」

「等妳和火凜談完，我們再繼續，好嗎？」

楓的全力告白，確實擊中了茉優的心靈深處。

茉優遇到一點風就東飄西蕩，如今終於有落地生根的感覺。

而楓也嗅到了勝利的味道。

她帶著微笑，使出最後一擊。

「拜託妳，成為我特別的人吧，茉優。」

這是茉優渴望已久的一句話。

茉優眼冒愛心、頻頻點頭，有如第一次被老師稱讚的幼稚園小朋友。

「好！」

「就是這樣，我很抱歉。」

火凜坐在床上伸長雙腿，抬頭望著賠罪的茉優。

茉優的眼睛閃閃發亮，充滿對未來的展望。

「我的心已經屬於楓了……」

她將手放在胸口，臉上浮現單純的笑容。

「火凜，真的很謝謝妳喜歡我這種人。我是個幸福的人……我會連同妳的份一起變幸福——」

「嘿。」

「呀啊！」

茉優說到一半，忽然被火凜推倒在床上。

「我已經懶得再陪妳玩這種把戲了。」

「火、火凜？」

「先聲明，如果戀人要跟我分手，我一點都不會希望對方幸福，反而希望對方整天以淚洗面，一輩子都不會有任何快樂的事。」

「什麼！」

火凜壓在茉優身上，露出天真的微笑。

「妳說妳要怎麼變幸福？」

「我、我要跟楓在一起……」

「——妳的幸福由我決定。」

火凜身子往前一倒，將臉埋進茉優的後頸。

小小的舌頭滑過她的肌膚。

「噫啊……！」

她忍不住叫出聲來。

火凜展開了直接攻擊！

「這、這是出軌行為……！」

「只要妳選擇我，就不用考慮那麼多了喲。我會讓妳一直處於一個昏昏欲睡的舒適狀態。」

茉優閉緊雙唇，勉強忍耐了一會兒。

火凜輕咬她的耳朵，使她的決心輕易瓦解。

「不、不行……！」

「……呵呵，笨蛋。」

「唔。」

火凜眯起眼睛，散發出強烈魅力。茉優心跳快到胸口都會痛。

穿著裙子的火凜，俯視茉優的上半身。

那模樣就像在和主人玩的淘氣貓咪，眼神卻像個掠食者。

茉優像被能將人一擊斃命的獵豹盯上般，緊張到全身僵硬。

「太礙事了，脫掉吧……」

「等、等一下！」

火凜將茉優的鈕釦一顆顆解開。

茉優試著反抗了一下，但火凜的手像有魔法般，輕易避開茉優的手。

當她回過神來時，身上只剩內衣褲。

她是那種穿衣顯瘦的身材，如今能保護她身體的，只有繡著荷葉邊的胸罩和內褲。

這副武裝太脆弱了。

「火、火凜……不能再繼續下去了……」

「妳在說什麼？接下來才是重點呢。」

火凜的指尖從茉優的鎖骨滑到胸口。

楓用言語撩撥茉優，但火凜做的事完全不同。

她直接襲擊茉優。

「呀！」

茉優的背脊顫抖了一下，下意識用手遮臉。

「很、很害羞耶……！」

「都是女生，有什麼好害羞的？」

「問題正在於，妳是用特殊眼光在看待我……！」

茉優完全被這狀況影響，楓已經快從她腦中消失。

火凜強大的存在感，化作牢籠關住了她。

「我、我要和楓，我要和楓……」

「妳何必假正經呢……？乖乖聽我的。楓可不會對妳做這種事。好好思考該跟誰交往吧。」

茉優連汗溼的肌膚都開始泛紅。

火凜一隻手由下而上撫過茉優的大腿。

茉優的身體因而顫抖起來。

「火、火凜……」

「說吧……妳究竟喜歡誰？」

她在火凜手指的戲弄下，忍不住大叫：

「火、火凜——！」

火凜一直玩弄茉優到時間結束楓衝進來為止。

茉優的情感就像節拍器一樣來回擺盪，而且頻頻爆表。

＊＊＊

結果——

身上只穿著內衣褲的茉優，面前擺著兩張戀人契約書。

兩張她都簽了名。

茉優像是羞愧到想死般，用雙手遮著臉。

那模樣簡直慘不忍睹……

「唉，這下還是沒個結論。」

火凜似乎有些開心。

「……妳來一下。」

楓拉著火凜的手帶她到房間角落，並且對她怒目而視。

「火凜，妳早就料到會有這個結果了吧？」

「咦～為什麼這麼說？別冤枉我。」

「妳認為這是遊戲，想讓它無限延長下去對吧？一定是這樣。」

火凜大嘆一口氣——

故意要讓楓感到煩躁。

「就算真的是這樣，也只代表妳實力不足，沒辦法完全征服茉優的心不是嗎？」

「才不是。」

楓指向依然垂頭喪氣的茉優。

「那只是因為，她跟誰都可以交往。」

「是嗎？」

火凜狡猾地笑了。

那表情就像已經確定自己絕對占上風，在等待對手走下一步。

楓感到很後悔，她並非有意要說這種話。

「不然就請兩位母親幫我們換個對象如何？」

「咦……？」

火凜用嘴角舔了舔小指。

「妳不也說了嗎？以茉優為對象不會有結果。不如換個從來沒談過戀愛的正經男人，或是任何人都好。」

「可是……」

「重新比一場吧。如果換了對象還是不中意，就再換一個。妳也想搞清楚我們兩個人到底誰在上……」

火凜細長的手指輕撫楓的胸部。

「誰在下吧？」

另一隻手伸向楓的大腿。

「住手！」

楓用力推開火凜。

「我還以為妳變認真一點了。」

「我一直都很認真啊。」

「滿口謊言。妳總是把別人當成玩具，我不想再和妳有任何瓜葛。」

「妳裝什麼乖啊？妳自己還不是會為了任務糟蹋茉優。」

「我有努力想喜歡上她。」

「妳那樣反而很扭曲。」

「……扭曲？」

「不是嗎？我們本來就是被培育來做這種事的，卻老是喜歡上目標對象，身心都會吃不消吧？這樣還稱得上專家嗎？」

「這……」

楓答不出來，這讓火凜更加得意忘形。

「所以說，還是樂在工作的我比較健全吧？」

接著又說「其實怎樣都好」並搖搖頭，加深了笑意。

「最後剩下的只有我和妳之間的孽緣。我們的戰爭從那天就開始，而今後也會持續下去。」

話一說完——

楓和火凜的手機同時響起。

楓瞄了眼依然沒回過神的茉優接起手機。

「喂……」

『不好意思，大小姐。』

「堇？怎麼了？」

那聲音焦急得像在通知她電車因雪停駛一般。

堇這麼說道：

『中止了！』

「咦？」

『我說——這場任務**中止了！**』

楓望向在稍遠處講電話的火凜，她同樣臉色蒼白。

「咦？」

事情來得太突然，楓不禁再問一次。

為什麼任務會無預警中止？

「嗚嗚～～我有罪，我是個罪孽深重的人…………」

鴉雀無聲的房間中，只聽得見茉優苦悶的聲音。

MARETSUMI

第八話

女人與女人的決心

MARETSUMI

yuri ni hasamareteru

onna tte, TSUMI desuka?

MARETSUMI

「這是怎麼回事？」

楓回到家後再問了一次，董歉疚到眼眶溼潤。

「剛才也跟您說了……這次的計畫中止了……」

因為計畫中止，三人的愛情賓館女子派對也中途解散。

茉優被釋放後看起來心情輕鬆了些，但火凜的態度很古怪。她始終保持沉默，不發一語地走進車站。那背影看起來比平時落寞，再度攪亂了楓的心緒。

可是，楓還是無法接受。

「為什麼會中止？」

「以我的立場，不方便告訴您理由……」

董見到楓如此煩躁，似乎有些害怕。

她就像隨時要下跪似的，楓只好放鬆表情。

「……知道了，抱歉逼問妳。」

「大小姐……」

「我去問母親。」

「請、請等一下，大小姐——」

楓推開試圖阻止她的菫，用力踏著木地板穿過走廊。

她來到走廊盡頭的和式宴會廳，將紙門完全拉開。

大批幫派成員聚集在內。

惡煞們威嚇似的瞪了過來，一見到是楓，立刻尷尬地別開視線。

反倒是對緊追在後的菫破口大罵。

「喂，新城！不是叫妳看好小姐嗎！」

「妳到底在幹嘛！」

「對、對不起！」

「別罵菫姊，她沒有錯。是我不能接受這個結果，自己跑來的。」

她以冰一般的視線，望向房間最深處——主位。

坐在那兒的是大姊頭神枝環。

「楓，我們正在談要緊的事。」

她的聲音平靜卻有威嚴。

她們現在是在幫派成員面前。儘管母親平時很溫柔，現在的表情也與惡鬼無異。

楓按捺住害怕的心情直視環。

「我很認真在執行任務，為什麼要中止？」

「妳至今都自認為幫派的一員，將上級說的話奉為圭臬不是嗎？」

「我並未參加過神枝組的入幫儀式。」

楓尚未成年，而且母親平時也常對她說，她不一定要繼承家業。這也代表她受到了正常的教育。

「時間到了。」

環嘆著氣這麼說。

「什麼時間？」

環露出些許猶豫的表情，但楓很固執。母親可能覺得不告訴她會更麻煩，因而不甘願地開口說：

「條子來警告我們，問我們是不是在搞些什麼。」

「警察嗎……」

「他們之前就盯上我們了吧？這次還出動高層來找我和久利山，嚴正警告我們不要亂搞。妳和久利山的女兒在餐廳和百貨公司做了引人注目的事對吧？條子接到了市民報案。真是的，他們太大驚小怪了。」

「我並沒有做奇怪的事。」

楓最近只去打工，和茉優聯絡，偶爾出去玩。

她堅稱自己只做了這些。

然而，她母親兼大姊頭卻有不同的意見。

「條子懷疑神枝組和久利山組又在爭面子，擔心這樣下去會和之前一樣引起騷動。原以為他們對妳可能會睜一隻眼閉一隻眼，看來這條路也行不通。」

環嘆了口氣。

「對不起，大姊頭……都怪我因為急性酒精中毒送醫……」

「不，都怪我在卡拉ＯＫ大賽上唱得太投入，打破玻璃窗……！」

「我也有錯！」

成員們接連說出喪氣話，大姊頭大喝一聲：

「現在說這些有什麼用！你們這些笨蛋！」

環「砰」的一聲，拍了一下桌面。

宴會廳瞬間安靜。

「……唉，再搞下去神枝組可能會有人被逮捕。雖說我們都對這種事做好心理準備了……但妳不一樣對吧？」

「咦？」

母親深邃的眼眸中顯露出一絲動搖。

「我得為妳的人生負責，不能讓妳做些會被條子警告的事。所以我們不比了。」

「不比了……」

楓終於明白自己所處的狀況。

她若再輕舉妄動，或許就無法獲得渴望已久的「普通人生」。

見楓啞口無言，環的語氣和緩了些。

「我和久利山那邊也談好了，所以沒必要再鋌而走險。楓，收手吧。」

「……」

楓表情陰暗地垂下頭。

「這樣要怎麼決定勝負？」

「應該會算平手吧。」

她腦中浮現火凜的臉。

火凜總想一決勝負，現在應該也在宅邸裡聽著同樣的內容。

「那朝川茉優呢？」

「最好別再和她見面。事情總有萬一，要是被警察埋伏抓到可就糟了。」

楓覺得胸口緊得難受。

沒想到會發生這種事。

她還來不及向茉優道別。

在幫派成員的注視下，還做出結論：

「兩幫之間的第七次競賽就此暫停。楓，變回普通的女孩吧。」

「…………」

楓被逼著成為自己憧憬的普通人。

就這樣離開了宴會廳。

＊＊＊

一轉眼，什麼都變了。

正確來說，是恢復原樣。

楓在學校為了不引人注目，總是戴著平光眼鏡，化著樸素的偽裝妝容。她只是恢復這種一成不變的生活罷了。

「神枝同學。」

「……？」

她坐在教室角落望著窗外時，有人向她搭話。

是兩個和她說過幾次話的女同學。

「呃，那個……妳放學後有空的話，要不要跟我們去唱卡拉ＯＫ？」

「我們有八折券，想邀妳一起去。」

真是稀奇。楓驚訝地望著兩人。

她原想伸手，卻又縮了回來。

「抱歉，我今天有事。」

「啊，這樣啊。我們才不好意思，突然邀妳。下次再一起出去玩吧～」

「是啊。總覺得神枝同學變得好親近些，比較容易搭話了。」

「……我嗎？」

楓問道。她的外表明明一點都沒變。

兩個女同學互相點頭。

「不知道耶，表情好像變溫柔了。」

「我也不知道該怎麼說，感覺好像有了喜歡的人……啊，抱歉說了奇怪的話。下次再聊喔～」

她們揮手離去。

楓隔著平光眼鏡，呆愣地望著自己的手掌。

母親已經不會再指派任務給她。假如她想出去玩，只要打通電話告訴來接她的菫就好。難得能像一般的女高中生一樣和同學去唱卡拉ＯＫ，一定很好玩。

她也不知道自己為什麼要拒絕。

不過，她認為以這副虛假的姿態和同學們相處，並不等於實現心願。

「……」

吵鬧教室中的景象全都褪了色。

這裡沒有任何一個人了解她。

她以前明明不會在意這種事。

（普通……這就是普通的生活嗎？）

偽裝自己的一切長大之後，又能做些什麼？

火凜的聲音彷彿在她耳邊響起。

『——妳不可能變普通。』

樂在任務的人，肯定不只有火凜。

（……我可以的……）

或許楓也老早就意識到，非日常的世界才是適合自己的舞臺。

然而她很快又搖搖頭。

（我可以。）

她不想被火凜說：「看吧，妳果然做不到。」

可是，儘管楓努力想保全自己，她處在教室這個混沌世界中，也逐漸像夢一樣滲透融化。

（就說……我可以了……）

這時她放在抽屜裡的手機發出震動。

她看過後心裡一驚。

是茉優。

楓尚未向安布羅西亞提離職，因此茉優似乎並非因為聽店長說了什麼才聯絡她。

母親提醒她要將茉優的聯絡方式刪除，但她沒辦法遵守。

她覺得自己這麼做，就會切斷與茉優的唯一連結。

茉優傳來的訊息上寫著：「我感冒了，請假沒去上班。可能是之前玩過頭了，楓也要保重身體。」

（什麼嘛……只有這樣啊？）

楓收起手機。

接著再度望向窗外，托起下巴。

這時若是一般的情侶，應該會趕到病人家中照顧對方才對。

她想著獨自躺在家中休息的茉優。

又不經意想起，那個孤零零待在大宅邸裡，等待楓來玩的女孩。

那女孩每次見到楓來找她，總是會——笑逐顏開。

（我幹嘛想她？）

楓回過神，發現自己站了起來。

（就算任務已經結束，我也想向她說聲再見……非說不可。）

她抓起書包來到走廊上。

在沒人的地方打了通電話給堇。

『您好～？』

「不好意思，堇姊。妳現在可以來學校接我嗎？」

『咦咦？可以是可以，身體不舒服嗎？』

「嗯，沒錯。所以我想去探望茉優。」

『等、等一下！』

堇發聲哀號。

『大小姐，您是……認真的嗎……？』

「嗯，認真的。」

『～～～唔。』

『那個，事到如今我就直說吧，大小姐。』

電話另一頭的堇似乎很苦惱。

堇頓了頓後接著說：

『大小姐對我而言，比上頭的命令更重要。所以我很不爽那個目標對象！您為什麼要為她奉獻自己呢！您不該跟那種女人交往，而該找個……找個跟您真心相愛的人交往才對！雖然我不希望您這麼做！』

「但這是我的任務。」

『管他什麼任務！這種想法已經過時了！』

這是堇第一次向楓頂嘴。

「……對不起，害妳這麼激動，堇姊。」

『我在對您生氣耶，為什麼您總是這麼溫柔呢……！』

「我不想傷害妳。」

『我也只是……希望大小姐可以珍惜自己的身體而已……因為您……是位非常美麗

的人……』

當初是楓收留了無處可去的菫。

菫在找工作的過程中出現心理問題，楓問她：「妳要不要來我們這兒？」這便成了她加入幫派的契機。楓當時還在念國中，試著以魔性美貌誘惑成熟的女性，菫就是她第一號試驗品。

從那之後，楓對菫而言既是恩人，又是應當侍奉的主人，同時也是她所愛的人（敬愛的意思）。

「吶，菫姊。」

『……是。』

聽見她陰沉的聲音，楓閉起眼睛微笑。

「我不是告訴過妳，我想做些普通女孩會做的事嗎？」

『您以後有的是機會。』

「不。我認為普通女孩遇到這種狀況，一定都會好好和對方見面，然後道別。是我想錯了嗎？」

菫好一會兒都沒回話。

楓用撒嬌的聲音對她說：

「拜託妳了，堇。只有妳會站在我這邊。」

這句話成為致命的一擊。

堇深深地、深深地嘆了口氣後，終於屈服。

『我說大小姐，您應該更加意識到有很多人深愛著您！像我就是這樣！』

「我知道啊。」

『您太壞了！』

堇在速限內全速趕了過來，楓搭上她的車前往茉優家。

這是楓第一次違抗母親的命令，也是她第一次去別人家探病。

楓按下對講機後過了一會兒，門被緩緩打開。

茉優的額頭上貼著一般的退熱貼，睡衣外罩著一件開襟衫走了出來。

她一看見楓便大吃一驚。

「咦？天使來接我了嗎？」

「還有力氣大叫，妳看起來應該沒事。」

楓已換好便服，提著一個塑膠袋。

「可以借一下廚房嗎？」

「可、可以是可以……呃，楓為什麼會在這裡……？」

楓走向廚房，身後傳來好大的一聲「哈啾」。

「妳去躺著啦，茉優。」

「啊嗚嗚……不、不好意思……啊！不對！」

這次換成激烈的咳嗽聲。

楓手扠腰，回頭望向茉優。

「我很擔心妳，所以來探病。不行嗎？」

茉優抬頭望向天花板，並且高舉雙手。

「……怎麼了？」

「我如今體會到，如果我有戀人……是件多美好的事！」

說完立刻腳步踉蹌，楓趕緊扶住她。

「妳有在聽我說話嗎？」

「啊，妳對我……這麼溫柔，讓我頭暈目眩……！」

「妳只是感冒了。」

楓將塑膠袋放在地上，雙腿出力。

「嘿咻。」

「咦！」

接著將手伸向茉優的背與大腿，將她打橫抱起。

「等……我、我很重耶。」

「不會，很輕、很輕。我把妳抱到床上喔。」

「呃……不、不行，我身上都是汗味，別碰我比較好……」

「妳是病人嘛，這也沒辦法。」

楓走進臥室將茉優放在床上，她隨即鑽進被窩裡。

「我身上穿著睡衣，頭髮又很亂……讓、讓妳看到這身打扮、這副德行，真的覺得很難為情……」

「大家虛弱的時候都是這樣。」

茉優從被子中露出臉的上半部偷看著楓。

「楓也有虛弱的時候嗎……？」

「妳以為我像機器人一樣嗎？」

「不不不，當然不是。只是覺得妳總是很完美！」

「我在妳面前的確表現得很完美。」

楓說著別開視線。

「事實上完全不是這樣。」

像是今天同學邀她出去玩時，她就不知道該怎麼回應。

現在甚至違逆母親，來茉優家探病。

「是嗎……？」

見到茉優垂著眉毛這麼問，楓差點就說出真心話。

楓聳了聳肩，想用玩笑帶過。

「我現在也超緊張，擔心自己做的飯不好吃怎麼辦。」

「妳緊張的理由也太可愛了吧……無論妳做的是什麼，我都會給妳五顆星……」

「那我要努力爭取六顆星。」

楓正準備走出臥室——

忽然停下腳步。

「吶，茉優，如果我……」

她和蓋著被子的茉優對上眼。

茉優臉頰泛紅，並且露出微笑。

「什麼事……？」

「沒事，什麼都沒有。我去煮飯，妳乖乖休息。」

楓走向廚房。

如果她對茉優坦承自己是為了執行美人計才接近茉優——

唯一的好處只有她的罪惡感會因此減輕。

假如她真的自認為專家，就該欺騙茉優直到最後。這應該是她唯一能對茉優展現誠意的方式。

儘管胃附近有股沉重感，她仍然拿起平底鍋。

這時門口對講機響了。

她嚇得渾身顫抖。

（難道是警察……？）

她請堇在外頭把風，但說不定堇遇到了什麼狀況，因此沒辦法聯絡她。她躡手躡腳地走向門口。

然而站在門外的人——

楓看過對講機畫面後，緩緩打開門。

又一個提著塑膠袋的美少女，彷彿來接人的天使般站在那兒。

「我來為可憐兮兮的寵物做飯了！」

是久利山火凜。

楓做的炒烏龍麵以及火凜做的起司燉飯，茉優全都吃得精光。

「呼啊……好好吃，真的好厲害……妳們兩個人都好會做料理喔！」

「因為我們家是大家庭，我從小就得幫忙做飯嘛。」

「哦～你們家有多少人啊？」

「二十人左右吧。」

「好多！」

「我的情況也差不多。」

三人移動到客廳，擠在一張矮桌前面面相覷。

火凜一臉不悅地瞪著楓。

「話說楓為什麼在這裡？」

「因為擔心茉優啊。妳呢？」

「我也是。哼～狗狗，妳不只發訊息給我，也發給楓啦？」

「汪、汪……」

茉優嚇得發抖，火凜拿起面紙擦了擦她的嘴。

「看看妳，沾到醬了。」

「對、對不起……」

「真是的，沒關係啦。」

火凜嘆了口氣後，以溫柔的語氣說：

「楓問我為什麼來這裡吧？話說，我以前養了一隻狗。」

「呃，跟我很像的……」

「沒錯，不過牠已經死了。所以我擔心茉優也會死掉，覺得我應該對妳好一點。」

「我才不會死！我只是感冒而已！」

茉優大聲說完便開始猛咳。

那自作自受的模樣，令火凜笑出聲來。

「不過啊，即使狗狗生了病、聽醫生說那天是牠的危險期，我還是照常去上課了。因為那天有數學小考，我想考個好成績讓家人開心。結果我後來一直覺得很遺憾。」

火凜幫茉優撥了撥瀏海，微微露出溫暖的笑容。

「回家後，牠已經被埋起來了。」

「火、火凜……」

「所以我擔心茉優也被埋起來，還猶豫要不要帶鏟子過來。」

「在現代日本不能隨便埋屍好嗎！會犯遺棄屍體罪！」

火凜忽然感受到楓的視線。

「……怎麼了？」

「沒事，只是覺得有點意外。也很意外妳會來這裡。」

「我本來就很溫柔，對自己的寵物更是如此。」

「啊嗚～」

火凜揉了揉茉優的頭。茉優直到剛剛都還躺在床上休息，頭髮亂糟糟的，因此火凜揉得比平時更大力。

「而且身為飼主，本來就有責任應該照顧生病的寵物吧？畢竟寵物又不會自己上動物醫院。」

「拜～託～妳～別～再～揉～了……」

說起來，這是楓第一次見到火凜和茉優打鬧在一塊兒。

看著兩人親密的模樣，楓有一點點被排除在外的感覺。

心想自己是不是妨礙到她們了。

不過在她陷入自我懷疑前，火凜先站起身來。

「對了，楓。我有話對妳說，跟我來一下。」

「好。」

火凜拉著她的手，帶她來到陽臺。

「火凜老是愛說祕密。」

「這種事怎麼能在茉優面前說。」

回頭一看，茉優正慵懶地倒在地上，享受吃飽後的悠閒時光。那模樣就像養在室內的小型犬。

火凜關上陽臺落地窗後，忿忿地開口說：

「妳幹嘛來啊，笨蛋。」

「妳沒資格說我。」

「我……」

火凜原想反駁，卻閉上了嘴。

「……好吧，也是啦。」

「妳之前把茉優說成那樣，怎麼又改變心意了？」

「……如果妳趁我乖乖待在家時偷跑，我不就輸了嗎？我可不想不戰而敗。」

「這場比賽已經中止了。」

「那是大人們擅自決定的。」
火凜顯得有些害羞，讓楓感到莫名煩躁。
「我們也有可能被抓。」
「妳如果怕被抓，就先回去啊。」
「可是我——擔心妳。」
話語脫口而出，楓連忙遮住嘴。
火凜聽了也睜大眼睛。
說出的話不能收回，楓只好別開視線。
「……抱歉。」
「幹嘛道歉？」
「妳應該很討厭別人說這種話吧？」
「不討厭……只是覺得很稀奇。」
「哪會？我很溫柔，跟妳不一樣。」
「真敢說。」
火凜靠在欄杆上輕笑起來。
她的頭髮在晚霞中隨風飄逸，映照出黃昏色澤。

「妳是來向茉優道別的吧？」

「對。我們因為比賽的關係玩弄了她，真的很糟糕。」

「錯的不是我們，而是大驚小怪的警察吧？」

「是沒錯。」

楓也露出壞笑。

但她們心裡都明白，將茉優捲入這場戰爭是錯的。

「妳其實也很中意茉優吧？」

「一般人都不會討厭她那種單細胞生物吧？」

她回答得很不坦率。

茉優呆愣地望著她們倆。

一對上眼，茉優連忙別過頭。

那態度就像在膜拜自己絕對無法觸碰的神聖之物。

「我和火凜完全不可能成為普通人，茉優卻將我們當成普通女孩對待，總覺得有點開心。」

「妳這人真是太單純了。」

可能是因為她們倆都違逆幫派來到這裡，兩人之間有股莫名的連結感。

就像小時候大人們忙著聚會，她們倆自顧自地玩著花牌一樣。

楓的心中有個上鎖的盒子。

這可能是她們最後一次見面。因此，楓決定在火凜面前將盒子打開。

「為什麼火凜……」

聽見楓飽含情感的聲音，火凜似乎也察覺到了什麼而沉默不語。

那側臉真的很美。

「那天要吻我呢？」

火凜好一會兒都沒說話。

兩人最後一次在久利山家碰面那天。

楓在那場有懲罰的遊戲中輸了。

贏家可以任意命令輸家做一件事。

『——楓。』

那天，小火凜將臉湊近，捧住楓的臉。

接著像大人會做的那樣，將小嘴貼在楓的唇上。

她吻了不只一次，而是好幾次。

楓第一次體驗到那種感覺，害怕地推開火凜。

『不要——』

她已經忘記自己當時究竟在怕什麼。

不過，一定是因為內心那股特殊的感覺不斷擴張，已經快到無法回頭的地步，所以楓才拒絕了火凜。

當時那股感覺首次在她心中萌芽。

「……其實也沒什麼。」

火凜壓著頭髮喃喃低語。

「我和妳不一樣，是撿來的孩子。」

「……」

她的語氣並不悲傷，但帶著一抹寂寞。

火凜與母親桔花沒有血緣關係，這已是公開的祕密。兩人剛認識時，火凜稱呼母親為「那個人」，是因為她剛被領養沒多久。

兩人不再見面後，楓才知道這件事。

「我不知道母親會派我執行怎樣的任務，想要早點……體驗一下。就只是這樣。」

「……這樣啊。」

「嗯，選妳只是碰巧而已。」

火凜補了一句，但聽起來有點像藉口。

「不過，其實母親一直都對我很好，這次比賽對象找的也是女生。」

楓低下頭，火凜感到無聊而噘起嘴唇。

「……我覺得對象是妳的話，好像沒關係。」

楓從那天起不再了解火凜這個人，並一直厭惡著她。

現在也一樣。楓忍受不了她的壞心眼。

不過……當時是火凜讓楓不再感到孤獨。

那種孤單活在世上的感覺，也只有火凜明白。

她真心為此感謝火凜。

也還記得初吻的味道。

「……喂，是妳先提起這個話題的，總要說點什麼吧，很尷尬耶。」

「火凜真是個笨蛋。」

「什麼？幹嘛罵我？」

「因為這樣就在懲罰中亂吻人，真的很蠢。」

「我們身為男女都能勾引的專家，沒資格這麼說吧？」

「……說得也是。」

火凜眼中映著楓的雙唇。

楓也一樣。

「……」

她們對視了好一會兒，無法別開目光。

陽臺的落地窗忽然被嘎啦嘎啦地打開。

「那個～～……」

茉優窺視著兩人，表情宛如一隻被帶到別人家作客的貓。

美少女們轉頭看她，她嚇了一跳小聲哀號：

「其實我不小心聽見妳們的對話……」

「咦？」

楓和火凜著急起來。

不知道她聽見哪個部分。

茉優下定決心似的開口詢問：

「兩、兩位是不是交往過？」

「「……………………啥？」」

三人以三種表情面面相覷。

看來她只聽見接吻那段。

「不，妳誤會了。」

火凜率先出聲解釋。

見她如此慌張，楓不禁皺起眉頭。

「妳為什麼立刻否認？當初明明是妳吻我的。」

「笨蛋，那是以前的事，而且我也說明動機了吧？」

「沒錯，茉優。火凜說她可以跟任何人接吻。」

「也不是任何人都行。」

「妳剛剛不是說過類似的話嗎？」

茉優見她們越吵越凶，驚慌地發出「哈哇哇哇哇」的聲音。

「難怪妳們總是一見面就吵架，感覺關係很差，還經常互相較勁……！抱歉，我都沒注意到！」

就算她們以前真的交往過，茉優說這些也只是火上澆油而已。

茉優常說自己「運氣不好」，說不定問題多半在於她不懂得顧慮別人。

這件事暫且不論，楓和火凜轉向茉優異口同聲地否認：

「「就說我們沒交往了！」」

「噫！」

就在她們對茉優大叫完後——

『——大小姐，是警察！那個人以前教訓過大姊頭！正朝這邊過來！』

楓和火凜臉色大變。

「抱歉，茉優。剩下的飯菜在冰箱裡，妳再自己加熱來吃。」

「妳可以按照喜好，將碟子裡的醬汁加進燉飯裡，味道又會不太一樣。」

兩人從門口拿起鞋子，再度回到陽臺。

「咦，等等，發生什麼事了？」

楓摸了摸茉優的頭。

「茉優……我們接下來會有一陣子沒辦法和妳見面，但妳不用擔心。」

「咦……沒、沒辦法見面？」

「對，我今天就是來跟妳道別的。」

「是因為我一直不做選擇嗎……？」

茉優的眼眶冒出淚水。

「楓，快點。」

楓要火凜再等一下，對茉優露出微笑。

「不是的，這都是我們的問題。妳一直都很可愛，真的很可愛。如果能跟妳交往，一定會很開心。」

「楓、楓……」

「謝謝妳，茉優。還有對不起，要以這種方式結束。」

茉優搖了搖頭。

事出突然，她腦袋一片混亂。

不過，她早有預感這天會到來。畢竟和楓及火凜相遇，就如同中大獎一樣，對她而言是個奇蹟。

因此——她並未像平時那樣感嘆自己的不幸，而是握起拳頭。

「別這麼說！能遇見妳、被妳喜歡，真的很幸福！這些日子就像在作夢！我才應該跟妳道謝！」

茉優意識到火凜不悅地站在一旁，也對她低下頭。

「火凜當然也是！」

「別說得好像我是附帶的一樣，真是的。不過我也滿開心的。」

火凜親吻茉優的臉。

楓也吻了她另一邊臉頰。

見到茉優捧著雙頰、眼眶溼潤，楓和火凜露出微笑。

「掰掰，茉優。」

「有緣再見吧。」

她們穿上鞋子，直接從陽臺往下跳。

「呃，這裡是三樓耶——！」

楓和火凜平安落地。

「警察還真閒，竟然這麼快就趕到。」

「他們該不會用茉優當誘餌吧？」

兩人想了一下茉優的臉。

「不可能。」

「也對。」

她們正要邁步離開，眼角餘光瞄到一個影子。

「那是警察嗎？」

「應該是。火凜，妳願意衝出去幫我爭取時間嗎？」

「誰願意啊。氣死了，早知道就別把命令妳的權利用在那個吻上了！」

反正對方已經知道她們是誰，楓和火凜索性跑了起來。

「妳接下來有什麼打算，楓？」

「回家。我會對母親說，自己已經做好了斷。」

「是喔？真羨慕你們神枝組感情這麼好。」

「不如妳也加入我們怎麼樣？」

「……妳在說什麼？」

「妳很寂寞吧？要不要當我的女人？」

火凜笑了出來。

「爛死了，我又還沒輸。」

兩人跑出大樓範圍。

連眼神示意都不用，就直接分頭逃跑。

之後並沒有人追來。

楓在附近店家買了衣服換穿，壓低帽沿小心地混在人群中。

看來應該甩掉了。

她有點擔心堇，但現在聯絡堇可能會招來更多麻煩。

（為防萬一，還是多花點時間繞遠路回去好了。）

楓花了約兩個小時，走了四站回到神枝家。

終於看見宅邸時，天色已經完全暗下來。

（……大家可能很擔心我吧。）

楓懷著些許罪惡感繼續往前走，發現宅邸前停著一輛沒見過的車子。

她有股不好的預感。

（是誰……）

楓小聲說著「我回來了」，然後打開家門。

門口站著一名身穿套裝的陌生女性。

她看見楓，說了聲「唉呀」。

「初次見面，楓小姐。」

那聲音有股纏人的感覺，楓差點忍不住往後退。

「……妳是誰？」

「妳覺得我是誰？」

對方微微一笑，看不出年紀。她打扮得乾淨整齊，襯衫領口卻有些汙漬，鞋底也有所磨損。楓從這些細節推斷出她的身分，但不知道該不該說。

「眼力真好。」

女人搶在楓之前開口。

「我是從警察署過來的，今天有些事想問妳。」

是警察。楓嚇得臉色蒼白。

他們衝到神枝家來了。

楓深吸一口氣，態度堅定地面對她。

「我沒有做任何犯法的事。」

「……哦？是嗎？」

她從懷裡拿出一張照片。

照片上的人不用說，正是朝川茉優。

「所以妳也不認識她嘍？」

「……她是我打工認識的朋友。」

「先不論妳謊報年齡這件事……」

看來對方連她謊稱自己十九歲都知道了。楓不清楚對方已經調查到什麼地步，只好沉默到底。

神枝組大姊頭神枝環從房子內部走來。

「可不可以別欺負我女兒？」

「抱歉，我不是故意的……她太可愛了。」

女人掩嘴微笑，環大嘆一口氣。

「總之先進來吧。我可以請妳喝杯茶，朝川小姐。」

「…………咦？」

站得直挺挺的女人露出一個親切的笑容。

「我是組織犯罪對策部的課長朝川真紀。小女受妳照顧了，楓小姐。」

資料上的確寫著茉優的雙親都是「公務員」。

MARETSUMI

第九話

夾在百合之間是一種罪

MARETSUMI

yuri ni hasamareteru

onna tte, TSUMI desuka?

MARETSUMI

神枝組大姊頭環與女兒楓，以及津津侍警察署的真紀聚集在神枝家最裡面的和室。

幫派成員奉命在外等待。

此時，紙門被粗暴地拉開。

「為什麼選在神枝家？要集合也可以在久利山家啊。」

「……」

來人是久利山桔花，火凜跟在她身後。

「火凜……」

楓喊了她一聲，但火凜一直低著頭，沒有看楓。

火凜從以前就很怕母親。楓觀察不出火凜下一步會怎麼做。

「好，人都到齊了，呵呵呵。」

「哈哈哈。」

「哼哼哼……」

三名女傑相視而笑的這個空間，宛如魑魅魍魎橫行的鬼屋。

如果堇在現場，可能五秒鐘就會哭出來。

但楓無畏地舉起手。

「請等一下，請問我們為何要聚集在這裡？我和火凜只是去打工、交朋友而已。」

真紀以告誡小孩的口吻說道：

「小姐，妳說是這麼說，實際上卻給我們添了很多麻煩。我都已經嚴正警告過妳們，妳們還對我女兒出手，這樣我面子怎麼掛得住？」

「哼，真無聊。」

「沒錯，都令和時代了，還談什麼面子問題。古板的組織真討人厭。」

「兩位有資格說我嗎？」

聽見兩名大姊頭的酸言酸語，真紀的笑容僵住了。

「饒了我們吧，真紀小姐。我們之前討論對女兒的教養方式時，不是討論得相當起勁嗎？」

「那只是在做調查而已。」

「可是妳當時態度很認真耶。妳說妳女兒老是遇到不幸的事，妳既同情又擔心，希望她能談一次正經的戀愛。」

「我明白妳們心裡在打什麼算盤。妳們想拉攏我女兒和警界建立關係，好掩蓋更大的犯罪事實對吧？很可惜，我不會讓妳們得逞。」

真紀篤定地搖頭。

「我們不會屈服於惡勢力。」

「真紀小姐，妳說了這麼多，可是我們什麼都沒做啊。妳拿莫須有的罪名來質問我們，也得不到什麼結果。」

「是嗎，神枝小姐？很可惜，我們已經蒐集到證詞了。」

環疑惑地皺起眉頭。

楓驚訝地看向火凜。

「……該不會是火凜？」

她還是一句話都沒說，怒目瞪向桔花。

環終於理解狀況。

「女狐狸，妳出賣了我們？」

「反正警方只會處罰我們其中一方，藉此殺雞儆猴。不如早點提供情報讓這場鬥爭結束，這樣比較快。」

桔花不耐煩地搖搖頭。

「我只不過是要惹妳生氣……鬧著妳玩。誰知道朝川小姐會親自過來，把事情鬧得這麼大。」

「事關我女兒，我不出面才奇怪吧？」

「所以，就請妳揹這個黑鍋嘍，環。」

環氣到頭頂都要冒煙了。

「妳這傢伙……！」

桔花用鼻子哼笑出聲，催促身旁的火凜。

「好了，火凜。趕緊告訴朝川小姐，妳們對朝川茉優做了些什麼。」

火凜緊握拳頭。

低著頭小聲開口說：

「我……」

「火凜。」

楓忍不住打斷她。萬一她說出決定性的證詞就完了。

即使楓本人能逃過一劫，神枝組中可能也會有人因詐欺罪而被逮捕。

但比起這點，楓現在更擔心——彷彿被示眾的犯人被迫自白的火凜。

楓朝火凜探出身子。

「妳想讓我們的競爭在此劃下句點嗎？」

「唔……」

火凜咬緊牙關。

她的臉被瀏海蓋住，楓看不見她的表情。

「我一直……想獲得母親的認同。這次也心想，如果自己成功完成任務，母親應該會很開心。但只有一開始是這樣。」

「……咦？」

聽見火凜說的話，桔花不知所措，自信滿滿的眼眸中浮現困惑。

「妳在說什麼，火凜……？」

「我總是想被妳喜歡，想聽到妳說需要我，為了這個目標不斷努力。可是再次見到楓後，我才明白自己真正的心情。」

火凜終於抬起頭。

直視著母親。

「我想以自己的實力贏過楓，不想被她瞧不起。對不起，母親，我不希望比賽以這種方式結束。所以我會對警察說『我們沒做』。」

「怎麼會……」

桔花因震驚而沉默不語。

她完全沒料到火凜會這麼想。

「我早就認為妳已經可以獨當一面……也把妳當親生女兒看待……沒想到會讓妳產生這樣的想法。」

火凜輕閉了一下雙眼後凝視母親，但很快又望向真紀。

「我和楓都很喜歡茉優，也對她說過想跟她交往。」

「……這樣啊。」

不過真紀並未放棄，繼續說道：

「不過，無論妳們怎麼說，我只要問我女兒就會知道實情。這只不過是多幾道手續而已。」

「——不，事情會在這裡了結！」

這時有人大喊一聲，並且拉開紙門。楓皺起眉頭。

「堇姊……？」

「我們現在就可以證明，大小姐沒有做任何壞事。我把證人帶過來了！」

堇招了招手，走進來的是——

「……呃，不好意思，打擾了……」

——紅著臉且穿得很厚，正在感冒的茉優。

「咦！」

「茉優！妳怎麼來了！」

楓和火凜目瞪口呆。

「妳在幹嘛啊，新城……」

環見到下屬做出這種事，不禁掩面。

茉優顯得很不安，身旁的堇則握起拳頭。

「別擔心，她明白這是怎麼回事。畢竟，她可是大小姐喜歡的人！」

「呃，這個嘛。」

楓別開視線，臉頰泛紅。

然而這時卻冒出一道冰冷的聲音。

「茉優，妳應該知道她們對妳做了很糟糕的事吧？」

堇反駁道「說得太過分了」，真紀便瞪她一眼，讓她安靜下來。

茉優像是不想聽似的用力閉上眼睛。

「——茉優，妳被騙了。」

環和桔花基於幫派的面子之爭，策劃了這場美人計。

美人計的對象，就是真紀的女兒茉優。

這些都是事實。因此，楓並沒有資格多說什麼。

真紀見她們無法反駁，得意地挺起胸膛。

「說不定她們想抓住我的把柄，在需要的時候拿來威脅我。」

母親強烈的言語，令茉優呆站在原地。

她眼中閃著微弱的光芒。

「茉優，妳是她們卑劣手段下的受害者。」

「……嗯。」

真紀對茉優投以安慰的目光，茉優點了點頭。

「新城小姐剛剛在車上全都告訴我了。」

「什麼？」

菫流著冷汗，同時按住胸口。

「沒、沒事的。」

「茉優，妳是不是被她洗腦了……？」

「我沒有被洗腦，我認為她說的都是真的。」

茉優深深嘆了口氣。

「我一直以來都很倒楣……所有好事都與我擦身而過。原以為終於有好事發生……新城小姐卻告訴我，連這都是假的……」

楓和火凜聽著茉優的獨白，不敢和她對眼。

她們並沒有臉皮厚到敢在她面前說自己是無辜的。

「她說的是真的吧……」

「可是！」

楓出聲打斷她。

不是想幫自己辯解，而是為了對方。

「我向妳告白、和妳相處了一陣子之後，越來越喜歡妳！這點是真的！」

這麼說一點意義都沒有。

畢竟她的確騙了茉優。

因此對方一定不會採信她的話。

正、正常來說是這樣——然而對方是茉優。

「……果、果然是真的……我就知道！畢竟我看人的眼光還滿準的！所以這一切不全然是謊言，對吧！」

「咦？」

真紀瞪大眼睛。

楓真心地點點頭。

「對，是真的。因為妳是個乖孩子，跟妳聊天很開心，而且妳很可愛。」

火凜也不服輸地開口：

「我也是，一開始只是想利用妳來痛宰楓一頓，卻越看越覺得妳真的很像我養的狗……而且妳無論做什麼看起來都很開心，誰有辦法討厭妳啊？」

「嘿、嘿嘿嘿……好害羞喔……」

她的態度轉變得實在太突然。

「茉優？……茉優？」

真紀喊著她的名字說不出話。

「我、我的確一直教育妳當個老實的好孩子，希望妳能夠信任他人……」

「那妳成功啦。」

茉優光是露出微笑，就散發一股明亮氛圍。

真紀拚了命地想破壞那股氣息。

「我可不會讓這件事就此結束。茉優！」

「咦，啊，是、是的！」

真紀起身走向茉優，站在她身旁來回指了指楓和火凜。

「那麼妳可以在楓小姐和火凜小姐之間做個選擇嗎？看妳選中哪一方，我就放他們一馬。」

「為什麼！」

環大叫一聲，真紀臉上浮現笑容。

「妳們原本約好的不就是這樣嗎？贏家得利，輸家失利。就讓我來幫妳們定出勝負。來吧，茉優。」

「想必是因為來都來了，不能空手而回吧。」

「真可悲啊……整天只想著面子……」

「安靜一點！」

真紀罵完兩名大姊頭後，轉而用溫柔的語氣對女兒開口說：

「不用擔心，茉優。她們騙了妳，妳現在做選擇卻能拯救其中一方。她們只會感謝妳，沒道理恨妳。」

「咦、咦！」

真紀散發母愛，摟住茉優的肩膀。

「我也希望妳幸福。告訴我，妳『真正喜歡』的是哪一方？」

「我、我喜歡的……」

是楓還是火凜？

茉優來回看著兩人。

楓緊盯著茉優，未移開視線。

而火凜則輕笑了一下。

「……好吧，這也沒辦法。」

「火凜……」

「妳就按照自己的心意選擇吧，茉優。每個主人都希望寵物幸福。」

她應該會選楓吧——

老實說，火凜也無可奈何。只有楓從頭到尾都真心對待茉優。先不論專家這麼做是否正確，但至少這麼對茉優才是正確的。

火凜半放棄地說完，茉優便搖搖頭——

「寵物也希望主人幸福啊！」

「……茉優？」

這句話聽起來，就像在宣告她會讓火凜幸福。

楓聽著她們的對話，不由得喃喃自語：

「茉優……原來妳是這麼想的……」

不可思議的是，楓並未感到不甘。

火凜的確當面搶走了楓要的牌。她自信滿滿、堂堂正正，並且趾高氣昂。

不過現在回想起來，火凜向來打從心底享受與楓的競爭。

火凜孤零零待在家中，想必只能透過這種方式表露自己的情緒。

這幾個星期下來，楓不只和茉優拉近了距離，也和火凜加深了對彼此的理解。

楓見到火凜寂寞的一面，也見到她專一的一面。

儘管楓很討厭火凜，仍對她付出許多感情。

或許正因為如此。

楓自然而然接受了火凜的勝利，連自己都感到訝異。

茉優深吸一口氣，大喊出來：

「我——**誰都不選！**」

神枝家的時間彷彿靜止了。

「「「「咦？」」」」

楓、火凜、真紀、環與桔花，全都面露疑惑。

此外，堇與警察，以及紙門後方悄悄窺探動靜的神枝組與久利山組成員，也都呆若

木雞。

茱優接著又開口說：

「因為我覺得——**楓和火凜交往才是最合適的！**」

「等一下！」

「妳在說什麼！」

楓和火凜完全無法認同。

兩人起身逼近茱優。

「妳到底在說什麼？茱優，這個笑話一點都不好笑！」

「開玩笑的吧？妳是不是發現自己有諧星天分，想要說些話逗笑大家？」

茱優也很驚訝，沒想到她們的反彈會這麼大。

「可、可是妳們不是喜歡對方嗎……？」

「看起來像嗎？」

「我看妳眼睛是瞎了，可以挖掉了吧？」

「等、等、等一下！拜託不要挖我眼睛！火凜好可怕！」

真紀跟不上事情發展的速度，到現在才回神。

「等、等等，茉優。妳的意思是，妳拒絕跟她們交往嗎？」

「可以這麼說！」

楓從背後架住茉優，火凜則壓住她的臉，她拚命喊叫。

「總之我決定退出！介入她們兩人之間太罪過了！」

「就說妳誤會了！」

「我們只是認識很久而已！」

「可是妳們接吻了對吧？那是雙方的初吻對吧？有很多特別的共同回憶對吧？」

「那、那是……」

楓不小心放鬆力道，茉優便趁機掙脫。

「妳怎麼慌了，楓？」

「抱、抱歉……」

「妳、妳不要臉紅啦……」

「我忽然想起，妳之前說過我的臉很有魅力。」

「那、那不是在說謊，可是……！」

茉優合掌敬拜兩人。

「有兩位陪我，我過得很幸福……我一直以為自己的人生很不幸，結果卻遇上這種好事。」

她露出真心的笑容。

「就算是美人計也沒關係。畢竟如果沒有遇見兩位，我就不會體驗到這樣的人生！所以我真的很感謝妳們。謝謝妳們騙了我！」

茉優以女僕姿態深深鞠躬，接著笑咪咪地說：

「早知道一開始就該這麼做……楓、火凜，妳們要幸福喔！」

「「就說妳誤會了！」」

聽完女兒的宣言，真紀靜靜地轉過身。

環注意到後，向她搭話：

「妳要回去了嗎？」

「……我覺得頭有點痛。妳們倆給我記著，不會再有下次了。」

「吶，真紀小姐。」

環依然坐在原位，同時舉起茶杯。

「抱歉，對妳女兒出手。」

「…………算了。她看起來也很開心，我就不計較了。」

真紀深深嘆了口氣，露出疲憊中帶點喜悅的笑容。

「雖然覺得不太可能……但妳們該不會是為了我女兒，而策劃了這場美人計吧？我之前找妳們討論過女兒的事，我想妳們應該還記得。」

「別胡說了，我們怎麼可能幫助別人。」

環聳聳肩，身旁的桔花眼睛一亮。

「如果真的是這樣……妳會給我們謝禮嗎？」

「喂，女狐狸。妳剛剛也打算背叛我，這次我一定要殺了妳。」

「這個嘛……」

真紀從腰部拿起手銬笑著說道：

「若真是這樣，我無論用什麼手段都會把妳們帶走。」

環和桔花不發一語，笑著目送真紀離開。

MARETSUMI

尾聲

MARETSUMI

女僕咖啡店安布羅西亞準備在今年秋天整修後重新開幕。

安布羅西亞的臺柱是兩名新人。不，她們已經不能用新人來稱呼，儼然是鳳凰的一雙羽翼，肩負傳承女僕咖啡文化的重任。

她們就是神枝楓和久利山火凜。

「歡迎光臨，主人。」

兩人現在仍在女僕咖啡店工作，而且是店內最強陣容。

「神枝，妳可以去拍一下拍立得嗎？」

「好，我這就過去。」

楓快步穿過店內，但姿態依然優雅，小心不讓裙襬飄起來。

拍照定點站著一名略顯害羞的高個子女性。

那個人是楓的隨從菫。

「那個，嘿嘿……我也可以……和大小姐拍照嗎？」

「菫姊。」

楓張望了一會兒後，將臉湊到菫耳邊對她低語：

「想拍照可以跟我說，我把女僕裝帶回家拍。」

「可、可是這樣算濫用職權吧！不行，我想自己付錢和大小姐拍照！」

「這、這樣啊。」

之前董因為身分關係必須保持低調，一直在忍耐。

不過現在已經不必忍耐了。她終於可以以客人的身分來店裡玩，正大光明和大小姐拍拍立得！

「那就一起拍吧。來，妳再靠過來一點，董姊。」

「好、好的！」

董眉開眼笑。她誠心侍奉楓，能得到這樣的回報已經非常滿足。

「辛苦了！火凜！」

「嗯，五島妳也辛苦了。」

另一方面，火凜也成功擄獲安布羅西亞其他店員的心。

火凜回到休息室，優雅地翹起腳坐著，光是這樣就讓破舊的折疊椅看起來像古董椅一般。

她為五島、西浦與夏木命名為寵物二號、三號和四號，對她們疼愛有加。

她說：「女僕咖啡廳和美人計一樣，重點在於如何取悅眼前的對象，讓對方掏錢又掏心。」

楓聽她這麼說完，很高興她對很多事情都看開了。

雖然與母親之間的心結尚未完全解開，但楓相信她今後一定能做到。

這些事就不多說了。

「等一下。」

「嚇到。」

楓抓住想要悄悄離去的茉優手腕。

茉優說出自己的狀態後，尷尬地回頭。

「呃……我今天要回家餵鴨子……」

「妳家哪有鴨子？」

「漂浮在浴缸裡的鴨子啊！」

「那畫面感覺就很可怕。」

「不用管我了啦！妳們倆好好相處就行了！」

楓將茉優帶到出入口附近，「砰」的一聲將手抵在她臉旁邊。

「噫，又是壁咚……」

「我已經說過很多遍，我和火凜沒有什麼。」

「可、可是妳們看起來很配！」

「根本是天婦羅配西瓜。」

「這不是會吃壞肚子的組合嗎！」

茉優大叫完，在胸前雙手交握。

「我總想成為特別的人。」

「嗯……嗯？」

「我以前一直相信，就算是我這種人，也能遇上幸福……可是我錯了，楓。**幸福不一定要降臨在我身上**。」

「什麼意思？」

楓看著她作夢般的眼神無法理解。

「只要楓和火凜在我身邊過得既恩愛又幸福，我就有努力的動力……！」

茉優想必超越了自己。

她原先只想努力變幸福，如今超越了那段時期，找到了屬於自己的幸福。這就是她在這次事件中的成長。

「我沒辦法承受太龐大的幸福……我發現這樣對我來說剛剛好。」

茉優靦腆一笑。那笑容太惹人憐愛，楓差點就被她影響。

不不不，不對。

「就算是這樣，我也不可能和火凜交往。」

「我怎麼樣？」

火凜突然從楓身邊冒了出來，嚇得楓上半身向後仰。

對方出現得太突然，令楓的臉頰泛起紅暈。她失算了。

「看吧！」

茉優就像邀功似的，得意洋洋地指著楓。

「唔……」

楓懊悔地用手臂遮住臉的下半部，火凜終於明白是怎麼回事。

「原來是這樣？真是的……」

火凜靠在楓的肩膀上。

接著將那張精緻臉蛋湊近，嫣然一笑。

「怎麼？楓喜歡我啊？」

楓真的很不甘心。

她若顯得驚慌失措，就會被火凜趁機調侃。
因此她冷靜下來、別開視線，表現得像嬌羞的初戀少女般，用甜膩至極的聲音說：
「……可能……有點喜歡。」
她瞥了火凜一眼。
「——」
火凜嘴角抽動，滿臉通紅，整個人僵住。
「什、什、什…………」
看來楓反擊成功。
她憋著聲偷笑。火凜不知從哪兒拿出口罩連忙戴上，以免楓再次笑她。
再來，該懲罰害她們陷入這般境地的元凶了。
「看吧、看吧！果然！果然跟我說的一樣！」
茉優像玩具猴般，樂不可支地笑著拍手。楓猛然抓住她的手臂。
「咦？」
火凜則抓住她另一隻手。
「看來必須給茉優一個教訓呢。得讓她明白我們之間什麼都沒有。」
「沒錯，讓她的身體好好記住。」

「不、不對——為什麼是我！」

她們將放聲慘叫的茉優拖了出去。

「等一下！這樣不對！妳們不用理我！我不想背負這種罪！拜託妳們自己去過幸福快樂的日子吧——！」

三人之間的關係再度變得扭曲複雜，楓或許已無法如願成為一個普通人。

不過，她現在認為這樣也沒關係。

因為茉優和火凜對她而言，都是重要且特別的存在——

完

百(被)合夾擊的女子有罪嗎？

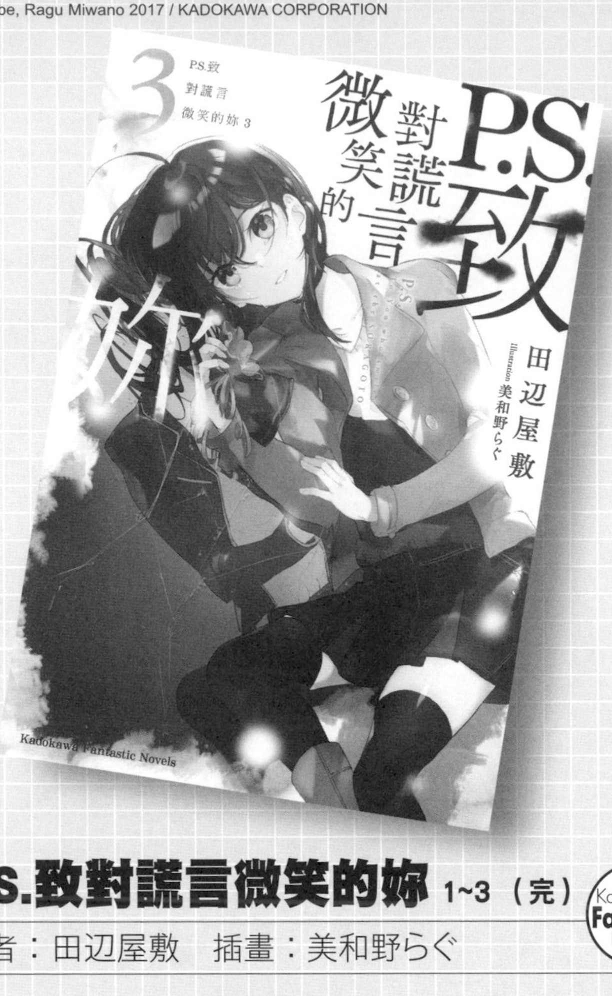

P.S.致對謊言微笑的妳 1~3（完）

作者：田辺屋敷　插畫：美和野らぐ

遙香突然出現在正樹的學校，
不僅失去記憶，連本性也消失了？

遙香為什麼會出現在我的學校？又為什麼失去了與我之間的記憶？更重要的是，為何「遙香的本性消失了」——？為了尋找解決的方法，我試著接近變得莫名溫柔的遙香，在暖意與突兀感中度過每一天。但是在聖誕節當天，遙香說出了令人難以置信的話——

各 **NT$200~220/HK$65~75**

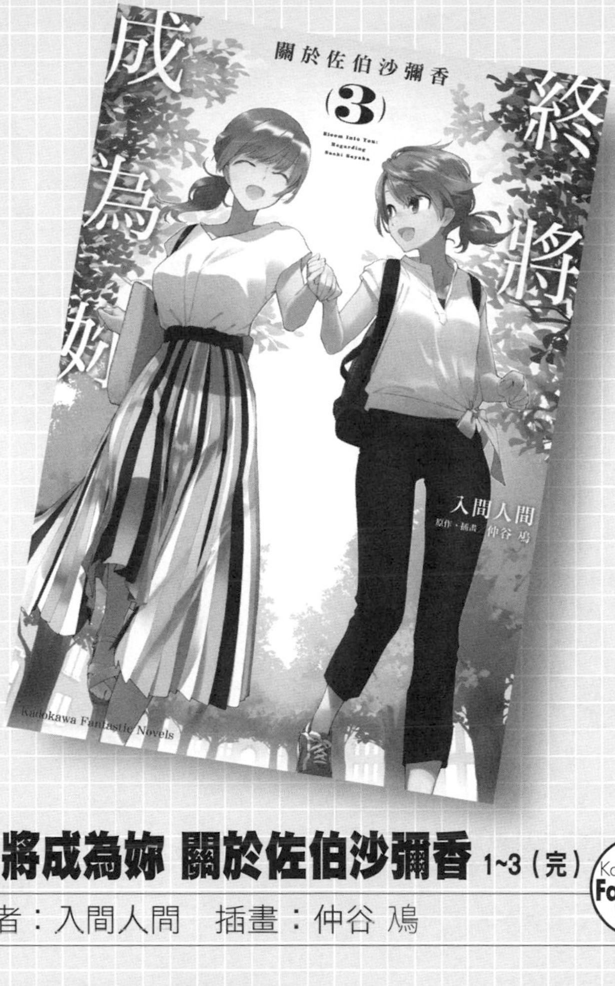

終將成為妳 關於佐伯沙彌香 1~3（完）

Kadokawa Fantastic Novels

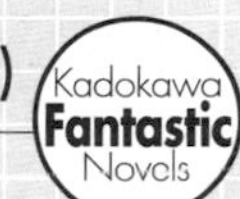

作者：入間人間　插畫：仲谷 鳰

睽違了多年的「相遇」——
沙彌香的戀愛故事完結篇。

小一歲的學妹枝元陽愛慕升上大學二年級的沙彌香。儘管沙彌香一開始警戒著積極地表達好意到甚至令人無法直視的陽，最終仍有如回應她的好意那般，開始摸索戀愛的形式，下定決心，要試著碰觸那星星看看……

各 **NT$200/HK$67**

三個我與四個她的雙人遊戲

作者：比嘉智康　插畫：服部充

當三重人格的男孩遇見四重人格的女孩，
織成了純度100%的愛情故事。

　　一色華乃實與囚慈、θ郎和輝井路三個人格相依為命的市川櫻介隊在高中重逢，提議重玩他們在小學時玩的多重人格遊戲，並且聲稱想實現這些人格以前的夢想。囚慈在這段不可思議相處中喜歡上了華乃實，但是，在第二度的流星雨之夜，他們迎來的是——

NT$190/HK$62

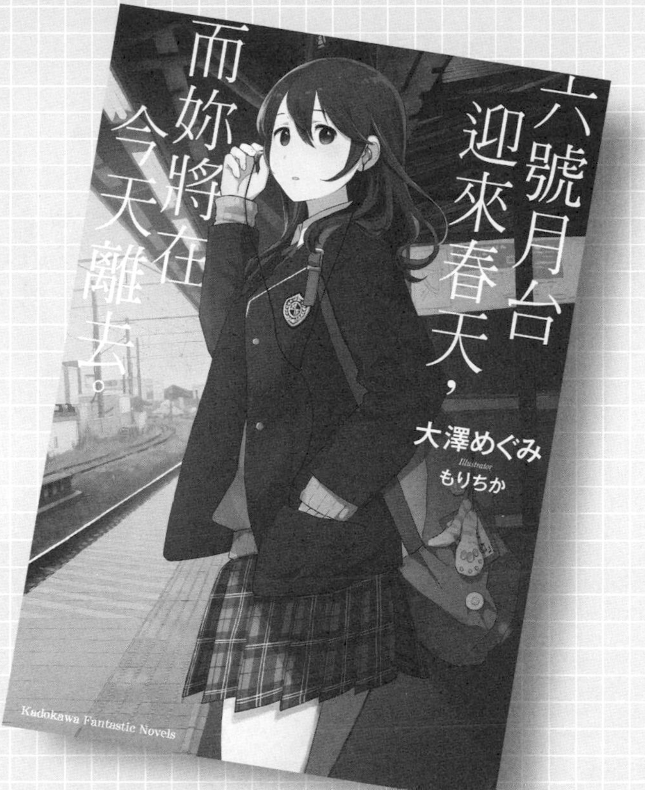

六號月台迎來春天，而妳將在今天離去。

作者：大澤 めぐみ　插畫：もりちか

為什麼非要等到一切都太遲時，
才能說出最重要的那句話？

茫然憧憬著都會生活的優等生香衣、「理應是」香衣男朋友的隆生、學校裡唯一的不良少年龍輝、為了掩飾祕密而扮演香衣摯友的芹香。四人懷有自卑感、憧憬、情愫和悔恨。在那個車站，心意互相交錯，但人生中僅有一次的高中時光仍持續流逝⋯⋯

NT$220/HK$75

末日時在做什麼？能不能再見一面？ 1~8 待續

作者：枯野 瑛　插畫：ue

「看來我們都打從心底看不慣那種無私的聖人啊。」
甦醒的青年依然夢想著，那從結局所延伸的未來。

潘麗寶等人消滅了〈第十一獸〉，三十八號懸浮島因此沉浸在歡欣鼓舞的熱烈氣氛中。然而，此時護翼軍、貴翼帝國與歐黛所要面對的，是暗藏於檯面下的最終危機。被揭示出來的「避免滅亡的程序」，就是親手破壞懸浮大陸群——

各 **NT$190~250/HK$58~83**

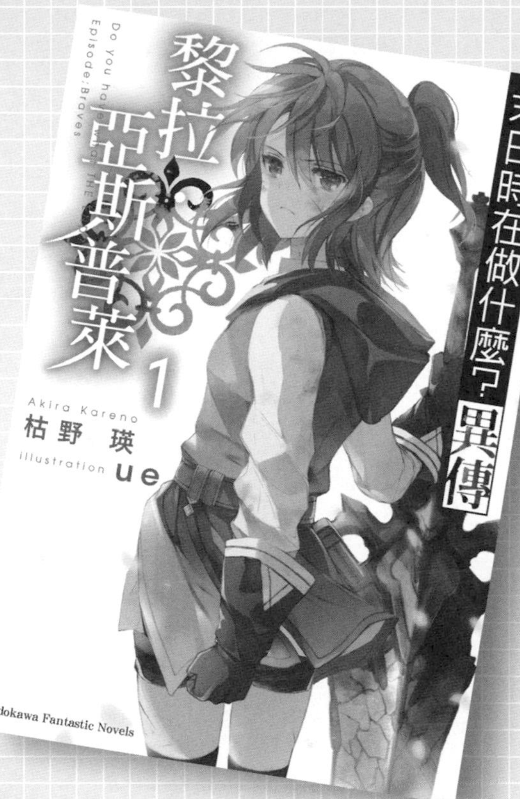

末日時在做什麼？異傳 黎拉·亞斯普萊 1 待續

Kadokawa Fantastic Novels

作者：枯野 瑛　插畫：ue

《末日時在做什麼？》系列衍生作！
在終將滅亡的大地上，勇者與人們活在當下的故事！

黎拉·亞斯普萊——獲得極位聖劍瑟尼歐里斯認可資格的少女正規勇者。「我說你這個人啊，真的活得很遜耶。」黎拉背負著守護人類的使命，對不放棄與自己並肩而立的師兄懷抱著複雜感情，同時在怪物橫行的地表過著驚險與悲憐交織的每一天。

NT$200/HK$67

國家圖書館出版品預行編目資料

被百合夾擊的女子有罪嗎？/ みかみてれん作；馮鈺婷譯. -- 初版. -- 臺北市：臺灣角川股份有限公司, 2021.09-

冊；　公分. -- (Kadokawa fantastic novels)

譯自：百合に挟まれてる女って、罪ですか？

ISBN 978-986-524-769-0(平裝)

861.57　　110011733

Kadokawa
Fantastic
Novels

被百合夾擊的女子有罪嗎？

（原著名：百合に挟まれてる女って、罪ですか？）

2021年9月16日　初版第1刷發行
2024年4月2日　初版第2刷發行

作　者：みかみてれん
插　畫：べにしゃけ
譯　者：馮鈺婷

發 行 人：台灣角川股份有限公司
總　監：呂慧君
總 編 輯：蔡佩芬
主　編：林秀儒
編　輯：彭曉凡
設計指導：陳晞叡
美術設計：李思穎
印　務：李明修（主任）、張加恩（主任）、張凱棋

發 行 所：台灣角川股份有限公司
地　址：104台北市中山區松江路223號3樓
電　話：（02）2515-3000
傳　真：（02）2515-0033
網　址：www.kadokawa.com.tw
劃撥帳戶：台灣角川股份有限公司
劃撥帳號：19487412
法律顧問：有澤法律事務所
製　版：尚騰印刷事業有限公司
ISBN：978-986-524-769-0